莳花志

周瘦鹃 著

ZHOU SHOUJUAN

周瘦鹃花卉美文集

图书在版编目(CIP)数据

莳花志：周瘦鹃花卉美文集 / 周瘦鹃著. —杭州：浙江文艺出版社，2020.1（2021.10重印）

ISBN 978-7-5339-5795-7

Ⅰ. ①莳… Ⅱ. ①周… Ⅲ. ①散文集—中国—当代 Ⅳ. ①I267

中国版本图书馆CIP数据核字（2019）第185006号

责任编辑 周海鸣
封面设计 居 居
责任印制 张丽敏

莳花志：周瘦鹃花卉美文集
周瘦鹃 著

出版 浙江文艺出版社
地址 杭州市体育场路347号
邮编 310006
网址 www.zjwycbs.cn
经销 浙江省新华书店集团有限公司
印刷 杭州富春印务有限公司
开本 880毫米×1230毫米 1/32
字数 164千字
印张 8.625
版次 2020年1月第1版
印次 2021年10月第3次印刷
书号 ISBN 978-7-5339-5795-7
定价 48.00元

《莳花志》编者记

此书是周瘦鹃先生撰写的关于花卉的散文集。周瘦鹃先生是一代文学大家，亦是一位挚诚于生活的种花人。无论时代的风云如何变幻，他淳朴的文字中始终包含着一颗热爱生活、追求美好的心灵。基于此，同时也基于我对周瘦鹃先生文字的推重和对花卉的喜爱，我想将此书推荐给诸君。

周瘦鹃先生生于1895年，逝世于1968年。年轻时，周瘦鹃先生就颇负文名，创作了一系列的中短篇小说，这些小说使其和张恨水、徐枕亚等人一起，成为鸳鸯蝴蝶派早期的代表人物之一。之后周瘦鹃先生供职于中华书局、《申报》等著名出版机构，编译并出版了一些外国名著。1917年，周瘦鹃先生翻译的《欧美名家短篇小说丛刊》由中华书局出版。鲁迅先生为之作序，称赞周先生的译文道："然当此淫佚文字充塞坊肆时，得此一书，俾读者知所谓哀情、惨情之外，尚有更纯洁之作品，则固亦昏夜之微光，鸡群之鸣鹤矣。"由此，亦可见周瘦鹃先生此时已与鸳鸯蝴蝶派的靡靡之道相背离。

五四运动爆发后，周瘦鹃先生创作了大量爱国主义作品，洵为文学青年的表率。1936年，周瘦鹃先生与鲁迅、茅盾、巴金等二十一人发表《文艺界同人为团结御侮与言论自由宣言》，号召文艺界一切新旧派系团结一致，抗日救亡。

抗日战争胜利后，周瘦鹃先生举家迁至苏州，以文字自娱，以花木为业，过着恬淡自适的隐于市的生活。中华人民共和国成立后，他曾担任过一些闲职，闲暇之时撰写了大量有关花木和园艺的文章。争奈，个人的命运在时代的车轮面前终究是卑微而可笑的。

斯人已逝，徒留丹青。

周瘦鹃先生与花木的情缘由来已久。早在20世纪30年代末40年代初，周瘦鹃先生就在西方人在上海举办的“中西莳花会”上三夺锦标（据崔晋余《愿君休薄闲花草　万国衣冠拜下风——周瘦鹃的盆景艺术简介》，载周瘦鹃《拈花集》，上海文化出版社1983年版）。

40年代时，周瘦鹃先生与著名盆景匠人朱子安结识。两人亦师亦友，周向朱学习盆景技法，而朱向周学习花木文化。这两人是当代苏派盆景艺术的奠基人，使传承千年的苏派盆景艺术得以焕发新生。中华人民共和国成立后，周恩来、朱德、陈毅、董必武、李先念、刘伯承、叶剑英等国家领导人都曾到他的居所爱莲堂欣赏花木盆景。可以这么说，周瘦鹃先生不仅以文章擅名于世，其在盆景艺术上的造诣，亦使其可以被尊称为当代大家。

他的一生中，无论他寓居何处，总是在自己的小庭院中为花木留有一方天地。他的女儿周全，在《怀念父亲——种花人》（载周瘦鹃《拈花集》）中说道：“但说实在的，在我印象中，父亲与其说是个作家，不如说是个种花人，我是种花人的女儿。……种花人，是父亲这么称呼他自己的。”

他在《花木的神话》一文中也写道：“我性爱花木，终年为花木颠倒，为花木服务；服务之暇，还要向故纸堆中找寻有关花木的文献，偶有所得，便晨钞暝写，积累起来，作为枕中秘笈。”

朱光潜在《谈美》一书中曾经写道：“人心之坏，由于‘未能免俗’。什么叫作‘俗’？这无非是像蛆钻粪似的求温饱，不能以‘无所为而为’的精神作高尚纯洁的企求。总而言之，‘俗’无非是缺乏美感的修养。”

朱光潜先生和周瘦鹃先生是同一时代的人，都经历过中国近现代史上最黑暗最动荡的那个年代。但即便是在那样的年代之中，他们也从来都没有放弃对美的追求，因为他们深知，社会的好坏，大半在于人心的好坏；而人心的好坏，在于人们是不是有着更高尚更纯洁的企求，是不是对美好的事物尚存有一分希冀和一分追求，譬如爱情，譬如美德，譬如艺术，抑或是我们身边诸如花卉等一些随处可见的美好的小事物。

在物质生活相对丰富的今天，现代人的精神生活却普遍贫乏。有些人干脆就放弃了对美的追求，以“粗鄙”和“现实”自矜；而有些人只是摆摆生活美学的架子，装装挥麈清谈的样子，却没有一颗真正的向美之心，免不了一身的俗气。

其实，再平凡的生活，也不应该放弃对美的真正追求。追求美，并不是为了装饰门面，也不是为了一些急功近利的企图，追求美，只是对自己心灵的一种陶冶，对自己修养的一种锤炼。而对美的追求，你所需要的，仅仅是一双发现美的眼睛，和一颗追求美的心灵。

周瘦鹃先生对于花卉之美的那种赞赏和喜爱是由衷的，他为了一个花瓶花盆辗转搜求，甚至和日本人竞买；他为了使花朵盛放得更加美观，自行钻研园艺技术，并成为苏州市园林管理处的顾问，为拙政园等著名景观的整饬和布置做出了贡献；他为意外开花的玉簪喜出望外，他为迟迟未放的梅花焦急不耐；……所以，周瘦鹃先生的翰墨中自然而然地洇润出花卉的妍雅之气。

他的文字中不仅有花卉之美，还有文学之美和文化之美。周瘦鹃先生在文中引用了许多吟咏花卉的经典古诗词。常听到有人问，古典文学是否和当代的读者之间存在一定的隔阂？隔阂必然是有的，无论是语言文字上的差异，还是古今社会的不同，都会导致这种隔阂。但是有一点古今文学是共通的，它们作为艺术的一种形式，其极致的目标都是追求文字之美。只要有一颗追求文字之美的心，古典文学于你而言，并非难以触及的月中桂子。

而且，古典文学的文字之美和花卉之美是相得益彰的。比如李白吟咏牡丹和美人的《清平调》中的诗句："云想衣裳花想容，春风拂槛露华浓。若非群玉山头见，会向瑶台月下逢。"现代的文字很难如此隽永蕴藉地表现出牡丹的曼妙之姿。

此外，周瘦鹃先生还在文中穿插了一些关于花的中外逸事，给读者展现了一种别样的花卉文化之美。譬如，他在《关于花的恋爱故事》一文中，既讲到了中国彭玉麟与邻女梅仙的恋爱故事，又讲到了英国小说家斯科特与一名女郎的恋爱故事。

此书是从周瘦鹃先生的《花前琐忆》（通俗文艺出版社1955年版）、《花花草草》（上海文化出版社1956年版）、《花木丛中》（金陵书画出版社1981年版）、《拈花集》（上海文化出版社1983年版）等书中搜辑有关花卉的文章而成，并按照文章的内容和各种花卉的花期，将这些篇目大致划分成六个章节。

对于文中一些以字称的古人，编者在编辑过程中添加了少量注释。此外，编者还为每种花卉都配上了相应的中外名家的花卉画作，以及补充了一些关于花卉的常识。这些都是原书中所无，或以一种较为粗浅和直观的方式，对读者了解各种花卉有所裨益。

生活让我们这些普通人承受了众多的苦难，背负了沉重的负担，但我们当中的绝大多数人，却还是依然每天微笑着面对生活、热爱生活。为什么？因为生活中总还有些美好的事物值得我们去珍视，去追寻。

罗曼·罗兰曾经在《米开朗琪罗传》中说过，世界上只有一种真正的英雄主义，那就是认清生活的真相后依然爱它。周瘦鹃先生之爱花，对于我来说，便是这样的一种英雄主义。

也许，生活中的所有美学，都只是基于对于美好事物的追求，而这种诉求，或可以用两个字来概述之，那便是：

希望。

目 录

《莳花志》编者记

花之语

花木的神话 / 002

百花生日 / 004

关于花的恋爱故事 / 008

卖花声 / 015

神仙庙前看花去 / 018

千红万紫盈花市 / 020

花之道

插花 / 026

日本的花道 / 030

夏天的瓶供 / 033

四时之花·春

初春的花 / 040

花雨缤纷春去了 / 044
不依时节乱开花 / 047
水仙 / 053
得水能仙天与奇 / 054
迎春 / 060
迎春花 / 061
玉兰 / 064
但有一枝堪比玉 / 065
杏 / 068
杏花春雨江南 / 069
桃 / 072
桃之夭夭，灼灼其华 / 073
樱 / 076
易开易谢的樱花 / 077
梨 / 080
梨花如雪送春归 / 081
海棠 / 083
西府海棠 / 084
杜鹃 / 086
杜鹃枝上杜鹃啼 / 087
杜鹃花发映山红 / 089
紫罗兰 / 093
一生低首紫罗兰 / 094

紫藤 / 098

花光一片紫云堆 / 099

金银 / 102

金花银蕊鹭鸶藤 / 103

牡丹 / 105

国色天香说牡丹 / 106

四时之花·夏

芍药 / 112

绰约娄尾春 / 113

石榴 / 117

蕊珠如火一时开 / 118

凌霄 / 122

凌霄百尺英 / 123

蔷薇 / 127

蔷薇开殿春风 / 128

姊妹花枝 / 130

蜀葵 / 135

蜀葵花开一丈红 / 136

勿忘我花 / 140

勿忘我 / 139

白兰 / 143

扬芬吐馥白兰花 / 144

栀子花 / 146

栀子花开白如银 / 147

清芬六出水栀子 / 148

茉莉 / 153

茉莉花开香满枝 / 154

荷 / 157

荷花的生日 / 158

莲 / 161

莲花世界 / 169

观莲拙政园 / 171

紫薇 / 176

紫薇长放半年花 / 177

建兰 / 181

秋兰送满一堂香 / 182

木槿 / 184

木槿与槿篱 / 185

玉簪 / 187

初放玉簪花 / 188

四时之花·秋

凤仙 / 192

好女儿花 / 193

芙蓉 / 197

能把柔枝独拒霜 / 198

水边双艳 / 199

桂 / 203

闻木樨香 / 204

菊 / 208

我爱菊花 / 209

秋菊有佳色 / 215

赏菊狮子林 / 222

四时之花·冬

蜡梅 / 228

发寒独秀蜡梅花 / 229

仙客来 / 232

仙客来 / 233

山茶 / 235

山茶花开春未归 / 236

梅 / 242

我为什么爱梅花 / 243

问梅花消息 / 247

探梅香雪海 / 252

邓尉看梅到元墓 / 257

睡起煎茶，听低声卖花。留住卖花人问，红杏下、是谁家？
儿家。花肯赊，却怜花瘦些。花瘦关卿何事，且插朵、玉搔斜。

花之语

花木的神话

我性爱花木，终年为花木颠倒，为花木服务；服务之暇，还要向故纸堆中找寻有关花木的文献，偶有所得，便晨钞暝写，积累起来，作为枕中秘笈。曾于旧籍中发现许多花木的神话，虽是无稽之谈，却也可以作为爱好花木者的谈助。

三代时，安期生于喝醉了酒之后，和酒泼墨洒石上，一朵朵都成桃花。汉代有徐登、赵炳二人，各有仙术。有一天彼此相遇，各显身手。赵能禁止流水不流；徐口中含酒，喷到树上去，都会开出花来。三国时，樊夫人和她的丈夫刘纲都能使法，各有本领。庭心有桃树二株，夫妇俩各咒其一，两桃树便斗争起来。刘纲所咒的那一株，竟会走到篱外去，好像生了脚一样。

晋代佛图澄初次访石勒时，石知道他有道术，请他一试。佛取一钵盛了水，烧香念咒，不多一会儿，钵中生青莲花，鲜艳夺目。唐代元和中，有书生苏昌远住在苏州，邻近有小庄，距离官道约十里，中有池塘，莲花盛开。一天，他在池边看莲，忽见一个红脸素服的女郎，貌美如花，迎面而来。苏一见倾心，就和她逗搭起来。女郎并不拒绝，表示好感。从此他们俩常到庄中来幽会。苏赠以玉环，亲自给她结在身上，十分殷勤。有一天，苏见阑槛前有一朵白莲花开了，似乎特别动目。他低下头去抚弄一下，却见花房中有一件东西，就是他所赠的那只玉环；大惊之下，忙把那白莲花拗断，从此女郎也绝迹不来了。又唐代冀国夫人任氏女，少时信奉释教。一天，有僧人拿法衣来请她洗涤，女很高兴地在溪边洗着，每漂一次，就有一朵莲花应手而出。女于惊异之余，忙回头看那僧人，却已不知所往，因给这条溪起了个名字，叫作浣花溪。

唐上都安业坊唐昌观，旧有玉兰多株，在开花的时节，好似瑶林琼树一样。元和中，春光正好，赏花的人们纷至沓来，车马络绎。有一天，忽有一位十七八岁的女郎，身穿绣花的绿衣，骑着马到来，梳双鬟，并无首饰，而美貌出众。后有二女尼和三女仆跟随，女仆都穿黄衣，也生得很美。女郎下马后，将白角扇遮面，直到玉兰花下，一时异香四散，闻于数十步外。附近的群众，都以为是皇家宫眷，不敢走近去看。那女郎在花下立了好久，命女仆取花数十枝而出。一时烟雾蒙蒙，鹤鸣九天。上马之后，就有轻风拂起了尘埃，少停尘灭，大家见那女郎们已在半天之上，方知是神仙下凡。这一带余香不散，足有一个多月之久。

润州鹤林寺，有杜鹃花高一丈余，相传五代正元中有僧人从天台山移植而来，用钵盂药养它的根，种在寺中。曾有人见两位红裳艳妆的女郎游于花下，倏忽不见，疑是花神。周宝镇守浙西时，有一天对道人殷七七说："鹤林的杜鹃花，天下所无，听说道人能使花木不照时令开放，现在重阳将近，可能使杜鹃开花吗？"七七便到寺中去，当夜那两位女郎就对他说："我们替上帝司此花，现在且给道长开放一下，可是它不久就要回到阆苑去了。"到了重阳那天，杜鹃花果然开得烂漫如春。周宝等欣赏了整整一天，花就不见了。后来鹤林寺毁于兵火，花也遭劫，仿佛它正如二女郎所说的回到阆苑去了。

百花生日

百花生日又称花朝，日期倒有三个：洛阳以二月二日为花朝节，又为挑菜节；东京[①]以二月十二日为花朝，作扑蝶会；成都以二月十五日为花朝，也有扑蝶会。昔人以挑菜扑蝶点缀花朝，事实上这时期蝴蝶绝无仅有，不知怎样作扑蝶会的。挑菜倒大有可为，如荠菜、马兰头等，都可挑来做菜，鲜嫩可口，不过现在早已没有挑菜节这个名目了。总之，花朝在二月是肯定的。正如汉张衡《归田赋》所谓"仲春令月，时和气清；原隰郁茂，百草滋荣"，百草既已滋荣，百花也萌芽起来，称花朝为百花生日，也是很恰当的。

---

① 即今河南开封。

苏州风俗，一向以农历一月十二日为花朝，女郎们剪了五色彩绘粘花枝上，称为赏红。现在简化了，不用彩绘而用红纸，又做了三角形的小红旗插在花盆里，为花祝寿。从前虎丘花神庙中，还要击牲献乐，以祝花诞。清代蔡云《吴歈》诗云：

百花生日是良辰，未到花朝一半春。
红紫万千披锦绣，尚劳点缀贺花神。

此诗就是专咏这回事的。虎丘花神庙旧有一联很为工妙：

一百八记钟声，唤起万家春梦；
二十四番风信，吹香七里山塘。

不知是何人手笔。

唐代武则天于花朝日游园，令宫女采了百花，和米捣碎，蒸成了糕，赐予从臣。宋代制度，花朝日守土官必须到郊外去察看农事。明代宣德二年（1427），御制《花朝诗》，赐尚书裴本。这些故事，都可作花朝谈助。

我于每年花朝前后梅花怒放时，例必邀知友八九人作酒会或茶会，一面赏梅，一面也算为百花祝寿，总是兴高采烈的。只记得当年日寇陷苏后的第二年，我局促地住在上海一角小楼中，花朝日恰逢大雨，而心境又很恶劣，曾以一绝句寄慨云：

> 夭桃沐雨如沾泪，弱柳梳风带恨飘。
> 燕子不来帘箔静，百无聊赖是今朝。

那年节令较早，所以花朝日桃花已开放了。

任何人逢到自己的生日，总是希望这一天是日暖风和的；花朝是百花的生日，更非日暖风和不可，下了雨，可就把花盆里的红纸旗都打坏了。清末诗人樊樊山①有《花朝喜晴》一诗云：

> 准备芳辰荐寿杯，南山佳气入楼台。
> 鹊如漆吏荒唐语，花为三郎烂漫开。
> 甚欲挽留佳日住，都曾经历苦寒来。
> 晚霞幽草皆颜色，天意分明莫浪猜。

第五、六句很有意义。就是我们祖国今日的欣欣向荣，也是经历苦寒得来的。

词中咏花朝的，我最爱清代画家兼词人改七芗②的一阕《菩萨蛮》，云：

---

① 即樊增祥，号樊山。
② 即改琦，号七芗。

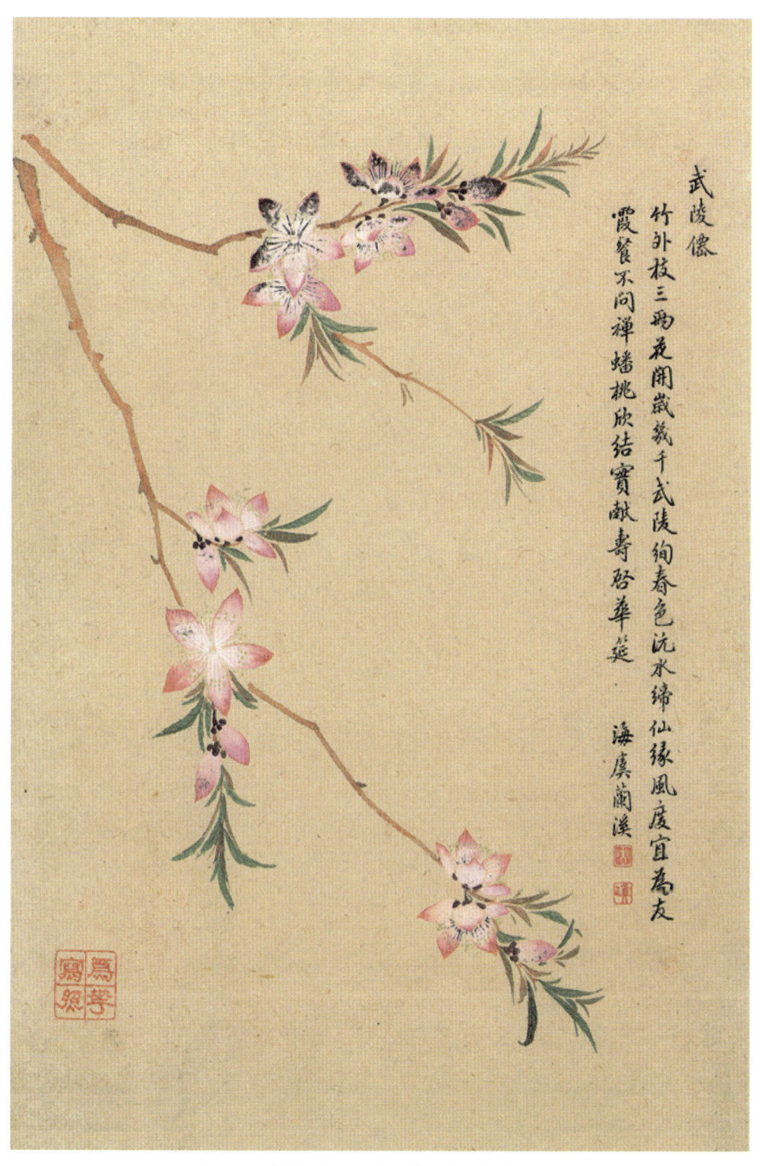

〔清〕恽兰溪　《桃花图》

晓寒如水莺如识，苔香软印沙棠屐。幡影小红阑，销魂似去年。　春人开笑口，低祝花同寿。花语记分明，百花同日生。

又董舜民[①]《蝶恋花·花朝和内》云：

屈指春光将过半，又是花朝、花信春莺唤。情绪繁花花影乱，护花花下将花看。　拈花笑倩如花伴，细读花间，花也应肠断。花落花开花事换，编成花史山妻管。

词中共有十五个“花”字，真如京剧中所谓大耍花腔，可是用以歌咏百花生日，确是很适合的。

关于花的恋爱故事

金代泰和中，直隶大名府地方，有青年情侣，已订下了白头偕老之约，谁知阻力横生，好事不谐。两人气愤之下，就一同投水殉情。当时家人捞取尸身，没有发现，后来被踏藕的人找到了，

① 即董元恺，字舜民。

面目虽已腐化，而衣服却历历可辨。这一年荷花盛开，红裳翠盖，一水皆香，所开的花，竟全是并蒂，大概是那对情侣的精魂所化吧。

大词章家元遗山氏[①]有感于此，填了一首《迈陂塘》词加以揄扬：

问莲根、有丝多少，莲心知为谁苦？双花脉脉娇相向，只见旧家儿女。天已许。甚不教、白头生死鸳鸯浦？夕阳无语。算谢客烟中，湘妃江上，未是断肠处。　　香奁梦，好在灵芝瑞露，中间俯仰今古。海枯石烂情缘在，幽恨不埋黄土。相思树。流年度、无端又被西风误。兰舟少住。怕载酒重来，红衣半落，狼藉卧风雨。

李仁卿氏[②]也依原调填了一首：

为多情、和天也老，不应情遽如许。请君试听双蕖怨，方见此情真处。谁点注！香潋滟银塘，对抹胭脂露。藕丝几缕。绊玉骨春心，金沙晓泪，漠漠瑞红

① 即金人元好问，号遗山。
② 即金人李冶，字仁卿。

吐。　　连理树。一样骊山怀古。古今朝暮云雨。六郎夫妇三生梦，幽恨从来间阻。须念取。共鸳鸯翡翠，照影长相聚。秋风不住。恨寂寞芳魂，轻烟北渚，凉月又南浦。

清代名臣彭玉麟氏，谥刚直，文事武功，各有成就，并且刚介廉明，正直不阿，可说是当时数一数二的人物。中法之战发生后，他以七十多岁的高年，疏调湘军入粤，把守虎门沿海，准备将他带领的两只炮艇，和法国的铁甲舰拼上一拼，后来虽因清廷急于议和，未成事实，也足见他的爱国精神。

他少年时爱上了邻女梅仙，曾有嫁娶之约，只因为了自己的前途起见，暂与分手，预备等功成名立之后，回来完婚。谁知梅仙终于被家人所迫，含恨别嫁，以致郁郁而死。刚直知道了这回事，无限伤心，于是专画梅花，以纪念梅仙，并将他的心事，一再寄之题咏，曾有“狂写梅花十万枝”之句；每一幅画上，总钤着“英雄肝胆儿女心肠”和“一生知己是梅花”等印章，也足见他的一片痴情了。

近人李宗邺君曾有《彭刚直恋爱事迹考》一书之作，考证极详，并且编成话剧《梅花梦》，由费穆君导演，搬演于红氍毹上，曾赚了我许多眼泪。后来吾友董天野画师也曾画有梅仙像幅，图中正在瑞雪初霁之际，梅仙倚在梅花树上，作凝思状。他要我题诗，我因为一向同情刚直这一段恋史，就欣然胡诌了两绝句：

冷香疏影一重重，画里真真绝代容。
赢得彭郎长系恋，个侬不是负情侬。

英雄肝胆彭刚直，跌宕情场见性真。
狂写梅花盈十万，一花一蕊尽伊人。

英国大小说家斯科特氏（Walter Scott）十九岁时，有一天，在礼拜堂前遇见一个女郎。那时大雨倾盆，她却没有带伞，因此一再踌躇，欲行不得；斯氏忙将自己的伞借给她，于是两人就有了感情。女名玛格兰，是约翰·贝企士男爵的爱女。她从此和斯氏做了密友，足足有六年之久，月下花前，常相把晤，渐渐达到了热恋的阶段。可是后来玛格兰迫于父命，嫁了一位爵士的儿子，一入侯门深似海，彼此不再相见。斯氏万般伤心，只索借笔尖儿来发泄。他的小说名著《罗洛白》《荷斯托克》[1]两部书中的美人就是影射他的恋人，并以紫罗兰花作为她的象征。

玛格兰嫁后六月，斯氏在百无聊赖中，娶了一位法国女子夏洛特（Charlotte Carpenter），虽是琴瑟和谐，但他的心中总还忘不

---

① 此处两本书有可能指沃尔特·斯科特的两部长篇诗歌 *Rokeby* 和 *The Lady of the Lake*。

了旧爱，曾赋《紫兰曲》一章歌颂她。十余年前，袁寒云盟兄正在海上做寓公，我们天天在一起切磋文艺，我将诗意告知了他，他欣然译成汉诗三首：

紫兰垂绿荫，参差杨与榛。
窈然居幽谷，丽姿空一群。

碧叶间紫芽，迎露轻娇亸。
曾见双明眸，流盼独婐娺。

赤日照清露，弹指消无痕。
一转秋水波，久忘别泪昏。

他还写了一个立幅赠给我，作行体，字字遒逸，我用紫绫精裱起来，作为紫罗兰盦中的装饰品。

〔法国〕亨利·方丹–拉图尔　《碗中的玫瑰花》

〔荷兰〕凡·高 《白玫瑰》

卖花声

花是人人爱好的。家有花园的，当然四季都有花看，不论是盆花啊、瓶花啊，可以经常作屋中点缀，案头供养，朝夕相对，自觉心旷神怡；要是家里没有花园的，那就不得不求之市上卖花人之手。买了盆花，可多供几天，倘买折枝花插瓶，也有二三天可供观赏，而一室之内，顿觉生气勃勃了。

市声种种不一，而以卖花声最为动听，诗人词客往往用作吟咏的题材。词牌中就有“卖花声”一调，足见词客爱好之甚了。清代彭羿仁[①]有《霜天晓角》咏卖花声云：

睡起煎茶，听低声卖花。留住卖花人问，红杏下、是谁家？　儿家。花肯赊，却怜花瘦些。花瘦关卿何事，且插朵、玉搔斜。

黄仲则[②]有《即席分赋得卖花声》七律二首云：

---

① 即彭孙贻，字羿仁。
② 即清人黄景仁，字仲则。

何处来行有脚春，一声声唤最圆匀。
也经古巷何妨陋，亦上荆钗不厌贫。
过早惯惊眠雨客，听多偏是惜花人。
绝怜儿女深闺事，轻放犀梳侧耳频。

摘向筠篮露未收，唤来深巷去还留。
一堤杏雨寒初减，万枕梨云梦忽流。
临镜不妨来更早，惜花无奈听成愁。
怜他齿颊生香处，不在枝头在担头。

这两首诗把卖花人的唤、买花人的听，全都淋漓尽致地写了出来。

吴侬软语，原已历历可听，而“一声声唤最圆匀”，那无过于唤卖白兰花的苏州女儿了。这班卖花女，大多数是从虎丘来的。因为虎丘一带，培养白兰花的花农最多，初夏白兰含蕊时，就摘下来卖与茶花生产合作社去窨花，那些过剩而已半开的花，就不得不叫女儿们到市上去唤卖了。我曾有小令《浣溪沙》咏卖花女云：

生小吴娃脸似霞，莺声嘹呖破喧哗，长街唤卖白兰花。　借问儿家何处是？虎丘山脚水之涯，回眸一笑髻鬟斜。

除了白花外，也有唤卖含笑花（俗呼香蕉花，因它含有香蕉的香气）、玫瑰花、玳玳花的，到了端午节后，那么茉莉花也可上市了。

南宋时，会稽城南上原陈翁，以卖花为业，得了钱全去买酒喝，又不喜独酌，往往拉了朋友们同醉。有一天，诗人陆放翁①偶过他家访问，见败屋一间，妻子正饥寒交迫，而陈翁已烂醉如泥了。放翁咏以诗云：

君不见会稽城南卖花翁，以花为粮如蜜蜂。

朝卖一枝紫，暮卖一枝红。

屋破见青天，盎中米常空。

卖花得钱送酒家，取酒尽时还卖花。

春春花开岂有极，日日我醉终无涯。

亦不知天子殿前宣白麻，亦不知相公门前筑堤沙。

客来与语不能答，但见醉发覆面垂鬖髿。

明代刘伯温②题其后云：

① 即陆游，号放翁。

② 即刘基，字伯温。

君不见会稽山阴卖花叟，卖花得钱即买酒。
东方日出照紫陌，此叟已作醉乡客。
破屋含星席作门，湿萤生灶花满园。
五更风颠雨声恶，不忧屋倒忧花落。
卖花叟，但愿四海无尘沙，有人卖酒仍卖花。

此翁在陆、刘笔下，写成一位高士模样。可是他卖了花只管自己买酒喝，不顾妻子饥寒，虽能生产，而不知节约，实在是不足为训的。

神仙庙前看花去

农历四月十四日，俗称神仙生日。神仙是谁？就是所谓八仙中的一仙吕纯阳。吕实有其人，名岩，字洞宾，一名岩客，河中府永乐县人，唐代贞元十四年（798）四月十四日生。咸通中赴进士试不第，游长安，买醉酒家，遇见了钟离权得道，不知所往。吕还是一位诗人，有诗四卷。我很爱他的绝句，如《牧童》云：

草铺横野六七里，笛弄晚风三四声。
归来饱饭黄昏后，不脱蓑衣卧月明。

绝句云：

朝游北越暮苍梧，袖里青蛇胆气粗。
三入岳阳人不识，朗吟飞过洞庭湖。

《洞庭湖君山顶》云：

午夜君山玩月回，西邻小圃碧莲开。
天香风露苍华冷，云在青霄鹤未来。

这些诗倒也是很有一些灵秀之气的。

福济观，俗称神仙庙，又称吕祖庙，在苏州市阊门内皋桥东，就是供奉吕纯阳的所在。旧时每逢四月十四日，观中必打醮，香客都来膜拜顶礼。相传吕化为衣衫褴褛的乞食儿，混在观中，凡是害有疑难杂症的人，这一天倘来烧香，往往不药而愈，据说是仙人可怜他而给他治愈的。这天到神仙庙来烧香或凑热闹的，叫作轧神仙。糕团店里特制了五色米粉糕出卖，称为神仙糕。有卖龟的，把大龟、小龟和绿毛龟放在竹篓或水盆中求售，称为神仙龟。还有一般花农，纷纷挑了草本花和木本花来出卖，称为神仙花。总之无一不与神仙勾搭上了，当然，这些都是无稽的传说。

我们一般爱花的朋友，年年四月十四日，总得前去走一遭，并不是轧神仙，全是为了看花去的。因为从十二日到十四日，神仙庙前的西中市、东中市一带，成了一个盛大的花市，凡是城乡的花贩花农都将盆花集中于此。我们可以饱看姹紫嫣红，百花齐放，见有合意的，就买一些回去，不管它是神仙花不是神仙花，只要是自己心爱的花就得了。

千红万紫盈花市

千红万紫盈花市，尽是新春跃进花。
修到年年花里活，白云山下好为家。

这一首诗，是我为了怀念广州一年一度的花市而作的。原来每年农历年终，广州总有一个迎接春节的花市，家家户户，都要上花市买些心爱的花草果树回去，作新春的点缀。一时万头攒动，熙熙攘攘，真的是如登春台一般。

听说1960年的花市，从小除夕午后二时开始，分别在越秀区、海珠区、东山区几条大路上举行，集中了全国各地的花草树木，例如山东菏泽的牡丹，福建漳州的水仙，上海的菖兰、仙客来、康乃馨等，而郊区和各县人民公社的花农们，也大量供应梅花、碧桃、海棠、玫瑰、芍药、桂花，以及金橘、四季橘等果树，而为群众所喜爱的吊钟花，更有数千枝之多。这是一种南国特有的好花，花形像吊着的小钟一样，作粉红色，是多么的美啊。尤其使我艳羡的，要算是大丽菊，我们在这里要盼望到谷雨节过、牡丹谢后，才能看到它的娇姿，而广州花市上，竟有金黄、大红、五彩、鸡蛋黄等二十余名种，已在那里争妍斗艳了。

除了广州的春节花市外，四川成都的花会，也是颇为有名的。每年农历二月，在城西南的青羊宫举行，是一个群众游春和展出花木物产的盛会，相传为唐宋二代以来花市的遗风。花农们在会上展出他们辛勤种植的各种花草，并交换品种，交流经验，是很有意义的。

我们苏州也有花市，每年总在农历四月十四日所谓吕纯阳生日举行。这一天有不少人都要到神仙庙所在的中市一带去买花，俗称“轧神仙”。过去所有郊区和城市中的花农花贩，先二日就忙着把花草树木挑运前去，夹道陈列，任人选购，凡是春夏二季的花花草草，应有尽有。可惜近两年来，这花市已不大兴盛，我们要把它恢复起来才好。

〔法国〕高更　《牡丹》

〔荷兰〕彼得·勃鲁盖尔　《静物花卉》

朝看一瓶花，暮看一瓶花。
花枝虽浅淡，幸可托贫家。

花之道

插花

好花生在树上，只可远赏，而供之案头，便可近玩。于是我们就从树上摘了下来，插在瓶子里，以作案头清供，虽只二三天的时间，也尽够作眼皮儿供养了。插花的瓶子，正如今人所谓丰富多彩，各各不同，质地有瓷、铜、玉、石、砖、陶之分，式样有方、圆、大、小、高、矮之别。这还不过是大纲而已；若论细则，那非写一部专书不可。单以瓷瓶而论，就有什么官窑、哥窑、柴窑、钧窑、郎窑、定窑等名目，式样之五花八门，更不用说。铜器又有什么觚、樽、罍、觯等名目，就是依着它们的式样而定名的。其他玉石砖陶用处较少，也可偶尔一用。比较起来，还是用陶质的坛或韩瓶等插花最为相宜，坛口大，可插多枝或多种的花，如果是三五枝花，那么用小口的韩瓶就得了。安吉名画家吴昌硕先生每画折枝花，喜画陶坛和韩瓶，瞧上去自觉古雅。

插花虽小道，而对于器具却不可随便乱用。明代袁中郎（宏道）的《瓶史》曾说："养花瓶亦须精良，譬如玉环飞燕，不可置之茅茨；又如嵇阮贺李，不可请之酒食店中。尝见江南人家所藏旧瓶，青翠入骨，砂斑垤起，可谓花之金屋，其次官、哥、象、定等窑，细媚滋润，皆花神之精舍也。”据他的看法，大概插花还是以铜瓶为上，所以有“青翠入骨，砂斑垤起”之说；而瓷瓶次之，即使是名窑，也不得不屈居其下。但我以为也不可一概而论。譬如粗枝大叶的花，分量较重，插在瓷瓶中易于翻倒，自以铜瓶为妥善。记得前几年苏州怡园开幕时，我举行盆景瓶供个人展览会，曾用一个古铜瓶插一枝悬崖状的枇杷花，枝干很粗，主体一枝，另一枝斜下作悬崖形，而叶子十多片，每片好似小儿的手掌般大，倘用瓷瓶或陶瓶来插，定然不胜负担，因此不得不借重铜瓶了。元宵节，我从梅丘的一株铁骨红梅树上，折了一枝粗干下来，也插在一个古铜瓶中，不但觉得举重若轻，而且色彩也很调和，红艳艳的梅花，衬托着黑黝黝的瓶身，自有相得益彰之妙。这一夜供在爱莲堂中，与灯光月色相映，真的赏心悦目，美不可言。

铜瓶蓄水插花，可免严冬冻裂之弊。据说出土的古铜瓶，因年深月久地受了土气，插花更好，花光鲜艳，如在枝头一样，并且开得快而谢得慢，延长了寿命。结果子的花枝，还能在瓶里结出果子来，可是我没有亲见，不敢轻信。瓷瓶插花，自比铜瓶漂亮，但是严冬容易冰碎，未免美中不足；必须特制锡胆，或是利用竹管，更是惠而不费，否则在水中放些硫黄，也可免冻。

插花不可太多，以三枝或五枝最为得当，并且不可太整齐，应当有高有低，也应当有疏有密。瓶口小的，自是容易插好。要是瓶口太大，那么李笠翁[1]在《闲情偶寄》中发明“撒”之一物，说是以坚木为之，大小其形，不拘一格，其中或扁或方，或为三角，但须圆形其外，以便合瓶。我以为此法还是太费，不如剪一根树枝，横拴在瓶口以内，或多用一根，作十字形，那么插了花可以稳定，不会动摇了。

《瓶史》全文不过三千多字，分作十二节：一为花目，二为品第，三为器具，四为择水，五为宜称，六为屏俗，七为花祟，八为洗沐，九为使令，十为好事，十一为清赏，十二为监戒。我先后读了两遍，觉得他似乎在卖弄笔墨，切合实际的地方实在不多。譬如洗沐一节，就是在花上喷水，这是很简单的一回事，什么人都干得了，而他老人家偏偏郑重其事，还指定什么花要什么人去给它洗沐，甚至同是一枝花，偏要给它们分出谁主谁婢，这实在是一种封建思想在作怪，不知道他是用什么看法分出来的。那些被派为婢子的花，如果有知觉的话，也许会对他提出抗议吧。

中国古籍中关于插花的，似乎只有《瓶史》一种。其中如品第、器具、择水、宜称、好事诸节，也自有见地。此书传到日本，日本人对于插花向有研究，就当作教科书读；甚至别创一派，名“宏道流”，表示推重之意。中郎品第花枝十分严格，非名花不插，如牡丹必须黄楼子、绿蝴蝶、舞青猊，芍药必须冠群芳、御衣黄、

---

① 即清人李渔，号笠翁。

江寒汀　《岁朝清贡》

宝妆成，梅花必须重叶绿萼、玉蝶、百叶缃梅。我以为插花不比盆景，选择无妨从宽，一年四季，什么花都可采用，或重其色，或重其香，或则有色有香，当然更好。不过器具却要选择得当，色彩也要互相衬托，对于枝叶的修剪，花朵的安排，必须特别注意。如果插得好，那么即使是闲花凡卉，也一样是足供欣赏的。

插花的器具，不一定单用铜瓷陶等瓶樽，就是安放水石的盘子或失了盖的紫砂旧茶壶等，也大可利用。我曾在一个乾隆白建窑的浅水盘中，放了一只铅质的花插，插上一枝半悬崖状的朱砂红梅，旁置灵璧拳石一块，书带草一丛（用以掩蔽花插），自饶画意。又曾在一只陈曼生的旧砂壶中，插一枝黄菊花，花只三朵，姿态自然，再加上一小串猩红的枸杞子，作为陪衬。有一位老画师见了，就说："这分明是一幅活色生香的徐青藤[①]的画啊！"

日本的花道

明代袁宏道中郎喜插瓶花，曾有《瓶史》之作，说得头头是道，可算得是吾国一个插花的专家。陈眉公[②]跋其后云："花寄瓶中，与吾曹相对，既不见摧于老雨甚风，又不受侮于钝汉粗婢，可以驻颜色，保令终，岂古之瓶隐者欤?"中郎之爱瓶花，又可于

① 即明人徐渭，号青藤老人。
② 即明人陈继儒，号眉公。

他的诗中见之，如《戏题黄道元瓶花斋》一诗云：

朝看一瓶花，暮看一瓶花。
花枝虽浅淡，幸可托贫家。
一枝两枝正，三枝四枝斜。
宜直不宜曲，斗清不斗奢。
仿佛杨枝水，入碗酪奴茶。
以此颜君斋，一倍添妍华。

第五句至第八句，就是他插花的诀门，三言两语，要言不烦，可给他的《瓶史》作注脚。

日本人见了《瓶史》，大为钦佩，就将中郎的插花诀门广为传布，称为“宏道流”。日本人将插花当作专门技术，美其名曰“花道”，与专研吃茶的茶道并重。凡是姑娘们在出嫁之先，必须进新嫁娘学校，学会花道。要是做新嫁娘而不会插花，那就不成话了。

日本的花道，历史也很悠久，还是开始于江户时代。流派很多，有池坊流、远州流、青山流、未生流、松月堂古流、慈溪流、美笑流、古远州流、古流、千家古流、东山慈照院流、相阿弥流、靖流、竹心流、流源流、庸轩流、一圆流、绍适流、源氏流、春山流、石州流等，这都是他们自己标新立异的派别，而取法于我们中国的，那就是独一无二的宏道流。

文化文政时代，有一位远州流插花的专家，名本松斋一得。他九十九岁时，名画家文晁作画一幅给他祝寿，文学家龟田鹏斋在画上题云："本松斋一得老人，以插花之技鸣于世，从游徒弟遍于关左。今兹年九十九矣，颜色如小儿，实地上之仙也，其徒欲启寿筵以祝之。余闻其名者久矣，因赋一绝以贺其寿焉。老人受其技于信松斋一蝶翁，翁受之远州小堀公四世弟子甘古斋一玉子云。插花三昧绝尘缘，一小瓶中一百天。此外不知有何乐，是非花圣即花仙。"时为文政十三年（1830），而这九十九岁老人之上，还有老师、太老师，也足见日本花道传世之久了。

花道各有各派，各有信徒，世世传授，竟有传至六十五世的；即如那位远州流本松斋，也传至十四世。他们著书立说时，都得把这些头衔抬出来，引以为荣。宏道流传承自我国明代，已传至二十四世。第二十四代传人是一位女专家，名望月义耀。这一派的插花似乎参考《瓶史》，大抵是上、中、下三枝，或则增为五枝，插法较为简单，但也较为自然。有一种叫作池坊立华的，矫揉造作，用足功夫，瞧上去最不自然，据说是在国家举行大典时用的。他们插花的器具，不但用瓶用坛，并用特制的竹器、铜器，或瓷制陶制的长方形水盘，甚至有用木槽、木桶、竹篓、竹篮的，而最奇特的，无过于利用我们作扫垃圾用的畚箕了。他们所用材料，并不限于各种花草，有时竟不惜工本，把数十年老本的梅树和松、柏等也砍断，插在瓶中、盘中，仅仅供几天的观赏，那未免暴殄天物哩。

夏天的瓶供

凡是爱好花木的人，总想经常有花可看，尤其是供在案头，可以朝夕坐对，而使一室之内，也增加了生气。供在案头的，当然最好是盆栽和盆景；如果条件不够，或佳品难得，那么有了瓶供，也可以过过花瘾。

对于瓶供的爱好，古已有之。如宋代诗人张道洽《瓶梅》云：

寒水一瓶春数枝，清香不减小溪时。
横斜竹底无人见，莫与微云淡月知。

徐献可《书斋》云：

十日书斋九日扃，春晴何处不闲行。
瓶花落尽无人管，留得残枝叶自生。

方回惜《砚中花》云：

花担移来锦绣丛，小窗瓶水浸春风。
朝来不忍轻磨墨，研落香粘数点红。

江寒汀　《岁朝清贡》

这与我的情况恰恰相同，紫罗兰盦南窗下的书桌上，四时不断地供着一瓶花，瓶下恰有一方端砚，花瓣往往落在砚上，我也往往不忍磨墨，生怕玷污了它，足见惜花人的心理，是约略相同的。

说到夏天的瓶供，我是与盆供并重的。从园子里的细种莲花开放之后，就陆续采来供在爱莲堂中央的桌子上，如洒金、层台、大绿、粉千叶等，都是难得的名种。我轮替地用一只古铜大圆瓶、一只雍正黄瓷大胆瓶和一只紫红瓷窑变的扁方瓶来插供，以花的颜色来配瓶的颜色，务求其调和悦目。单单插了莲花还不够，更要采三片小样的莲叶来搭配着，花二朵或三朵，配上了三片叶子，插得有高有低，有直有欹，必须像画家笔下画出来的一样。倘有一朵花先谢了，剩下一只小莲蓬，仍然留在瓶里，再去采一朵半开的花来补缺，这样要连续插供到细种莲花全部开完后为止。在这一个多月的时间里，我把这一大瓶高花大叶的莲花，用树根几或红木几高供中央，总算不辜负了“爱莲堂”这块老招牌；而上面挂着的，恰又是林伯希老画师所画的一幅《爱莲图》，更觉相映成趣。

除了瓶供的莲花之外，还有瓶供的菖兰。菖兰的色彩是多种多样的，有白、红、淡黄、深黄、洒金、茄紫诸色。而我园中有一种深紫而有绒光的，更为富丽。我也将花与瓶的颜色互相配合，互相衬托，花以三枝、五枝或七枝为规律，再插上几片叶，高低疏密，都须插得适当，看上去自有画意。有时瓶用得腻了，便改用一只明代瓯瓷的长方形小型水盘，插上三五枝小样的菖兰，衬以绿叶，配上大小拳石两块，更觉幽雅入画了。

我爱用水盘插花，觉得比用瓶来插花，更有趣味。除了菖兰，无论大丽、月季、蜀葵等，都是夏天常见的，都可用水盘来插；不过叶子也需要，再用拳石或书带草来衬托，那是更富于诗情画意了。爱莲堂里有一只长方形的白石大水盘，下有红木几座，落地安放着，我在盘的右边竖了一块二尺高的英石奇峰，像个独秀峰模样，盘中盛满了水，撒满了碧绿的小浮萍。清早到园子里，采了大石缸中刚开放的大红色睡莲二三朵，和小样的莲叶三五张，回来放在水盘里，就好像把一个小小的莲塘，搬到了屋子里来，徘徊观赏，真的是“心上莲花朵朵开”了。每天傍晚，只要把闭拢了的花朵撩起来，放在露天的浅水盆中过夜，明天早上，花依然开放，依然放到水盘里。天天这样做，可以持续三四天。

江寒汀　《岁朝清贡》

云想衣裳花想容，春风拂槛露华浓。
若非群玉山头见，会向瑶台月下逢。

四时之花·春

初春的花

立春节届，就意味着冬已冉冉地去了，春已冉冉地来了，百花齐放的时节，正不在远。当此初春，水仙啊，瑞香啊，兰花啊，梅花啊，都将次第开放，可以说是百花的先头部队。

古往今来诗人词客们歌颂梅花，总说它开在百花之先，点缀春节，往往少不了它；但是每逢春节，梅花未必开放。独有迎春，却从不后时，年年抢在梅花之先，烂烂漫漫地开放起来。迎春迎春，真的是名副其实。迎春是灌木性植物，一本多干，但也有单干的，高一尺余，可作地植，也可作盆栽。枝条延长如绶带，因此别名“金腰带”。花小，六瓣，作鹅黄色，也有两花交叠的，称为双套。花谢之后，方始发叶，一枝上发出小叶三片，作品字形，很有韵致。宋人晏殊咏迎春诗，有“浅艳侔莺羽，纤条结兔丝”之句；韩琦也有“迎得春来非自足，百花千卉共芬芳”之句，都说得很贴切，足为此花生色。我家有迎春大小型盆栽多本，全是单干，各有姿态，而以悬崖形露根的一本为最，每年着花繁茂，如张鹅黄之锦。去春我分出一小枝来，粗如拇指，模样儿很为平凡。我想出奇制胜，就把它种在一块英石上，今春也居然着花。经过整姿之后，楚楚可观，盛在一只椭圆形古砂盆里，注以清泉，伴以雨花台石子，很是可爱。朋友们见了，竟誉为精品。

苏州诸画师，创作热情很高，月来埋头苦干，画成山水、花卉、人物等一百余幅，春节在怡园展出，真的是美具难并。有几位女画师合作了一幅初春的花卉，很为工致，以“迎春图”为题，请章太炎夫人、名诗人汤国梨先生题诗其上。因展出期近，登门坐索，汤先生诗才敏捷，立即在画上题了七绝一首：“姹紫嫣红别样妍，欣欣开在百花先。不须更向东郊去，迎取春光入画笺。”此画此诗，相得益彰，要算是献给春之神的最好礼物了。有两位青年朋友，不懂得“东郊”的出典，产生了疑问。原来旧时曾有东郊迎春之俗，《吴县志》云：“立春日迎春东郊，竞看土牛。”可以为证。

蜡梅花已盛极而衰，快将凋落了，朋友们纷纷来问，盆梅已开了没有，欲先睹为快。今年立春较早，梅花可以早放，尤其是红梅，总比绿梅开得早一些，而白梅总是落后的。我家原有大小型盆梅数十本，原可供朋友们一领色香，但是已分给上海中山公园和苏州拙政园去展出，供群众去欣赏了。留在家里的，寥寥无几，不过稍资点缀而已。在中山公园展出的，以“鹤舞”为第一。这是苏州已故名画师顾鹤逸先生手植的一本老干绿萼梅，树龄已达七八十年，形如癯鹤一头，蹲蹲起舞。在我处培养了五年，年年着花恰到好处，不疏不密，总算不负顾老先生后人托付的一番美意。他如枯干老红梅“凤翔”，可与“鹤舞”作配。又有把七本小型红绿梅合栽而成的“梅花图”，以独本小型花条梅配以人物和双鹤的“林和靖子鹤妻梅”，和梅、兰、竹、菊等共二十二点，就教于一般园艺爱好者。有人以为我辛辛苦苦培养了一年，却不能供自己欣赏，未免有些傻气。我说：独乐乐不如与众乐乐，在这新社会里，人人都应该如此，我又何尝不该如此呢？

〔法国〕雷杜德　《耳叶报春》

花雨缤纷春去了

春光好时，百花齐放，经过了二十四番花信，那么花事已了，春也去了。据说每年从小寒到谷雨，合八气，得四个月，每气管十五天，每五天一候，八气共计二十四候，每候以一花的风信应之。小寒一候梅花，二候山茶，三候水仙。大寒一候瑞香，二候菊花，三候山矾。立春一候迎春，二候樱桃，三候望春。雨水一候菜花，二候杏花，三候李花。惊蛰一候桃花，二候棣棠，三候蔷薇。春分一候海棠，二候梨花，三候木兰。清明一候桐花，二候麦花，三候柳花。谷雨一候牡丹，二候荼蘼，三候楝花。这二十四花信，很为准确，你只要一见楝树上开满了花，那就知道春要向你告别了。

每逢梅花烂漫地开放的时节，春就悄悄地到了人间，使人顿觉周身有了生气。可是春很无赖，来去飘忽，活像是偷儿的行径，没过几时，就在我们不知不觉间偷偷地走了。我曾胡诌了一阕《蝶恋花》词谴责它：

正是缃梅初绽候，骀荡春光，便向人间透。十雨五风频挑逗，江城处处花如绣。　恨杀春光留不久，来也偷来，走也偷偷走。绿渐肥时红渐瘦，防它一去难追究。

但是尽管你狠狠地谴责它，或苦苦地挽留它，它还是悄没声儿地溜走了。

古人对于春之去，也有不胜其依恋而含着怨恨的。词中的代表作，如宋代黄山谷[①]《清平乐》云：

春归何处？寂寞无行路。若有人知春去处，唤取归来同住。　　春无踪迹谁知？除非问取黄鹂。百啭何人能解，因风飞过蔷薇。

辛稼轩[②]《祝英台近》云：

宝钗分，桃叶渡，烟柳暗南浦。怕上层楼，十日九风雨。断肠片片飞红，都无人管，更谁劝、啼莺声住？　　鬓边觑。试把花卜归期，才簪又重数。罗帐灯昏，哽咽梦中语。是他春带愁来，春归何处，却不解、带将愁去。

又释子如晦句云：

① 即黄庭坚，号山谷道人。
② 即辛弃疾，号稼轩。

有意送春归，无计留春住。毕竟年年用着来，何似休归去。

连这心无挂碍的和尚，也想留住春光，劝它不要归去了。然而想得开的人也未尝没有。如秦观云：

节物相催各自新，痴心儿女挽留春。
芳菲歇去何须恨，夏木阴阴正可人。

杨万里云：

只余三日便清和，尽放春归莫恨他。
落尽千花飞尽絮，留春肯住欲如何？

末一语问得好，怕谁也回不出话来。清代俞曲园[1]曾以“花落春长在”一句为人所赏识，因以“春在堂”名其堂，花落了，春去了，只当它长在。

春既挽留不住，那么还是送它走吧。明代唐伯虎与社友们携酒桃花坞园中送春，酒酣赋诗，曾有“三月尽头刚立夏，一杯新

①即俞樾，号曲园居士。

酒送残春。夜与琴心争蜜烛，酒和香篆送花神”等句。此外清代骚人墨客，也有柬约知友作送春之会的。如李镁柬云：

春色三分，一分流水，二分尘土矣。零落如许，可不至郊外一游乎？纵不能留春，亦当送春，春未必不待我于枝头叶底也。

又徐菊如柬云：

洛阳事了，花雨缤纷，欲携斗酒，为春作祖饯，公有意听黄鹂乎？长干一片绿，是我两人醉锦裀矣。

这二人以乐观的态度去送春，是合理的。好在今年送去了春，明年此时，春还是要来的啊。

不依时节乱开花

1955年的天气十分奇怪。春夏二季老是多雨，人人盼望天晴，总是失望，晴了一两天，又下雨了；到了秋季，老是天晴，差不多连晴了两个月，难得下一些小雨，园林里已觉苦旱，田中农作物恐怕也在渴望甘霖呢。瞧来天公也在闹别扭，你要晴，它偏偏下雨；你要雨，它偏偏放晴，倒像故意跟人开玩笑似的。因为这

〔法国〕雷杜德　《藏报春》

天气的不正常，有些花木也一反常态，竟不依时节乱开花了。荷花本来在夏季开的，而过了农历六月二十四日所谓荷花生日，还是不见开花，直到牛女双星渡河之后，才陆陆续续地开起来。桂花总是在中秋左右开的，而今年却宣告延期，直到重阳节边，才让人看到了垂垂金粟，闻到了拂拂浓香。菊有黄花，向来总在重阳节边开，而今年也延迟了一个多月，期待着持螯赏菊的朋友们，真有望穿秋水之感了。

最奇怪的是，我园子里有一株盆栽的小梅树，忽在重阳前二天开了一朵花，开始时先见六片圆形绿叶组成的一个萼，中间拥一点红心。过了三天，红心渐渐放大，绿萼渐渐翻向后面。再过二天，红心更大了，现出花瓣的模样来，色彩很为鲜艳，有些像朱砂红。到了明天，五片花瓣完全开好，色彩也渐渐地淡下去，足足开了两天，居然有色有香，旁枝上还有一个小小的花蕊。只因在爱莲堂中连供了七天，等不及开花就脱落了。本来古人诗中有“十月先开岭上梅”之句，这岭指的是大庾岭，地在南方，并且是种在山上的，当然是易于开花。而现在还在农历九月，又是盆栽的一株小梅树，竟抢先地开了花，而其余的几十盆却一动也不动，真是可怪了。

然而这种奇迹，古已有之。如清代康熙年间词人陈其年，曾见一株老梅树枯而复活，并且秋天就开了花，叠萼重台，生气勃勃，一时有瑞梅之称。是年其赋《沁园春》一阕宠之：

一种江梅，偏向君家，出奇无穷（树在友人汤皆山家）。看千年复活，乔柯蚴蟉，重台并蹙，冷蕊空蒙。人曰奇哉，梅曰未也，要为先生夺化工。休惊诧，请诸君安坐，洗眼秋风。　　须臾露濯梧桐，忽逗出、罗浮别样红。正朦胧一夜，银河影里，稀疏数点，玉笛声中。只恐东篱，有人斜睨，菊秀梅娇妒入宫。当筵上，倩渊明和靖，劝取和同。

词意很有风趣，而结尾因恐菊、梅争宠，请陶渊明、林和靖劝它们和睦相处，真是想入非非。不但如此，其年家中有杏树一株，也在暮秋开花，竟与春间一般娇艳，是年也咏之以词，调寄《解连环》：

碧秋澄澈。把江南染遍，是他黄叶。忽一朵、半朵春红，也浅晕明妆，薄融酥颊。簸雨笼晴，笑依旧、茜裙微折。只夜凉难禁，露重谁怏，蛩语凄咽。　　回思好春时节。正桃将露绶，兰渐成缬。楼上人醉花天，有画鼓银罂，宝马翠埒。事去慈恩，枉立尽、西风闲说。伴空蒙、驿桥一帽，苇花战雪。

除此之外，又有八月闻莺、海棠重开的奇事。词人李分虎[①]以《花犯》一阕记之：

卷筠帘，金梭忽溜，青林已非昔。倚阑干立。讶老桂黄边，犹露春色。几丝带雨蔫红湿。莺穿亦爱惜。为载酒、向曾听处，相逢如旧识。　　巡檐觑花太零星，翻疑狼藉后，东风留得。记前度，寻芳事、梦中游历。又谁料、数声似诉，重唤起、秋窗拈赋笔。便杜老、断无吟句，也应题醉墨。

有一天，苏州市园林管理处汪星伯兄过访，看了我盆梅着花，便说今年怪事真多：拙政园中端阳节边开过的石榴花，忽在重阳节边又大开起来，而有的园子里，也秋行春令，竟开起樱花来了。不依时节乱开花，花也在作弄人啊！

① 即清人李符，字分虎。

陈之佛 《红梅报春》

水仙

〔法国〕雷杜德　《水仙》

水仙，花期1—2月，石蒜科水仙属多年生草本植物。其花语是高洁、爱情、自恋（源于希腊神话中纳西索斯的故事），适合的送花对象是恋人和挚友。

得水能仙天与奇

得水能仙天与奇。

这一诗句的七个字中，嵌着“水仙”二字，原是宋代诗人黄庭坚咏水仙花的，以下三句是：“寒香寂寞动冰肌。仙风道骨今谁有，淡扫蛾眉簪一枝。”这首诗确是贴切水仙，移咏他花不得。

水仙是多年生草，生在湿地，茎秆中空如大葱，而根如蒜头。出在福建漳州的，往往三四个排在一起；出在江苏崇明的，只是单独的一个。叶与萱草很相像，可是较萱叶为厚。春初有茎从叶中抽出，渐抽渐长，梢头有薄膜包着花蕊数朵，开放时花作白色，圆瓣黄心，有似一盏，因此有金盏银台的别称。此花清姿幽香，自是俊物。花有复瓣与单瓣二种，复瓣的名玉玲珑，花瓣折皱，下部青黄而上部淡白，称为真水仙。我偏爱单瓣，以为可以入画，几位画友也深以为然。六朝人称水仙为雅蒜。我前年曾从古董铺中买到一个不等边形的汉砖所琢成的水仙盆，上刻“雅蒜”二字，署名“之谦”。岁首供崇明水仙十余株，伴以荆州红石子，饶有画意。

水仙也有神话，据说华阴人汤夷，服水仙八石为水仙，即名河伯。谢公梦一仙女赠与水仙一束，次日生一女，长而聪慧工诗。

姚姥住长离桥，寒夜梦见观星落地，化作水仙一丛，又美又香，就吃了下去，醒来生下一女。此女稍长，聪明能文，因名观星。观星即天柱下的女史星，所以水仙一名女史花，又名姚女花。

宋代杨仲囦从萧山买到水仙花一二百本，种在两个古铜洗中，十分茂美，因学《洛神赋》体，作《水仙花赋》。此外如高似孙有《水仙花前赋》《水仙花后赋》，洋洋千余言，确是杰作。元代任士林、明代姚绶也各有水仙花赋，都以洛浦神女相比拟。清代龚定盦[①]，十三岁作《水仙花赋》，有“有一仙子兮其居何处？是幻非真兮降于水涯，骈翠为裙，天然妆束，将黄染额，不事铅华”之句，也是将水仙比作水中仙女的。

诗词中咏水仙花的，佳作很多。如明王谷祥云：

仙卉发琼英，娟娟不染尘。
月明江上望，疑是弄珠人。

元陈旅云：

莫信陈王赋洛神，凌波那得更生尘。
水香露影空清处，留得当年解佩人。

① 即龚自珍，号定盦。

袁士元云：

醉拦月落金杯侧，舞倦风翻翠袖长。
相对了无尘俗态，麻姑曾约过浔阳。

丁鹤年云：

影娥池上晓凉多，罗袜生尘水不波。
一夜碧云凝作梦，醒来无奈月明何。

明文徵明云：

罗带无风翠自流，晓风微亸玉搔头。
九疑不见苍梧远，怜取湘江一片愁。

清金逸云：

枯杨池馆响栖鸦，招得姮娥做一家。
绿绮携来横膝上，夜凉弹醒水仙花。

这些诗句，都是雅韵欲流，足为水仙生色。

水仙最宜盆养。盆有陶质的，瓷质的，石质的，砖质的，或圆形，或方形，或椭圆形，或长方形，或不等边形。我却偏爱不等边形的石盆砖盆，以为最是古雅，恰与高洁冷艳的水仙相称。我年来置办的水仙盆虽多，却独爱一只四角而不等边形的白石盆，正面刻有“凌波微步”四字，把水仙十一株排列其中，伴以雨花台各色大小石子，自觉妍静可爱，足供欣赏。

砖盆必须用晋砖、汉砖凿成，方见古朴。安吉吴昌硕老画师以砖砚供水仙，别开生面。他宠之以诗，系以序云：“缶庐藏汉魏古甓数事，琢砚供书画，苦寒水冻，笔胶不能下。儿童戏供水仙于其上，天然画稿也。拥炉写图，题小诗补空：缶庐长物惟砖砚，古隶分明宜子孙。卖字年来生计拙，商量改作水仙盆。”这里的一首诗也是很有风趣的。

瓷有哥窑、汝窑、钧窑等，作水仙盆自是不恶。清代词人陈其年[①]以哥窑瓶供水仙，咏以《蝶恋花》云：

小小哥窑凉似雪。插一瓶烟，不辨花和叶。碧晕檀痕姿态别，东风悄把琼酥捻。　　滟潋空蒙天水接。千顷烟波，罗袜行来怯。昨夜洞庭初上月，含情独对姮娥说。

① 即陈维崧，字其年。

他不用盆而用瓶，那一定是除去球根，剪了花和叶作供了。

记得抗日战争期间，先慈在沪去世，时在农历十一月中。五七时，我买了三株崇明水仙，养在一只宣德紫瓷的椭圆盆里，伴以英石，颇饶画意。因先慈生前很爱水仙，而那时花也恰好开了，我就把它供在灵几之上，记以诗云：

局蹐淞滨忽七年，俗尘万斛滓心田。
出山泉水终嫌浊，那有清泉养水仙。

翠带玉盘盛古盎，凌波仙子自娟妍。
移将阿母灵前供，要把清芬送九泉。

可是这不过是我的一片痴心，九泉之下的老母，再也闻不到水仙花香了。

市上花店中有所谓洋水仙，叶片攒簇，花从中央挺生，一朵朵如倒挂的钩子，作盆供风致较差，有红、白、紫诸色，香较浓郁。已故梁溪词人王西神偏爱此种，一一锡以佳名：紫色的称紫云囊，红色的称红砂钵，白色而微绿的称绿萼仙；此外有乔种的，又加以鸳鸯锦、西施舌、翠镶玉诸称。我以为这洋水仙比了国产水仙，总有雅俗之分。

〔法国〕雷杜德 《欧洲水仙》

迎春

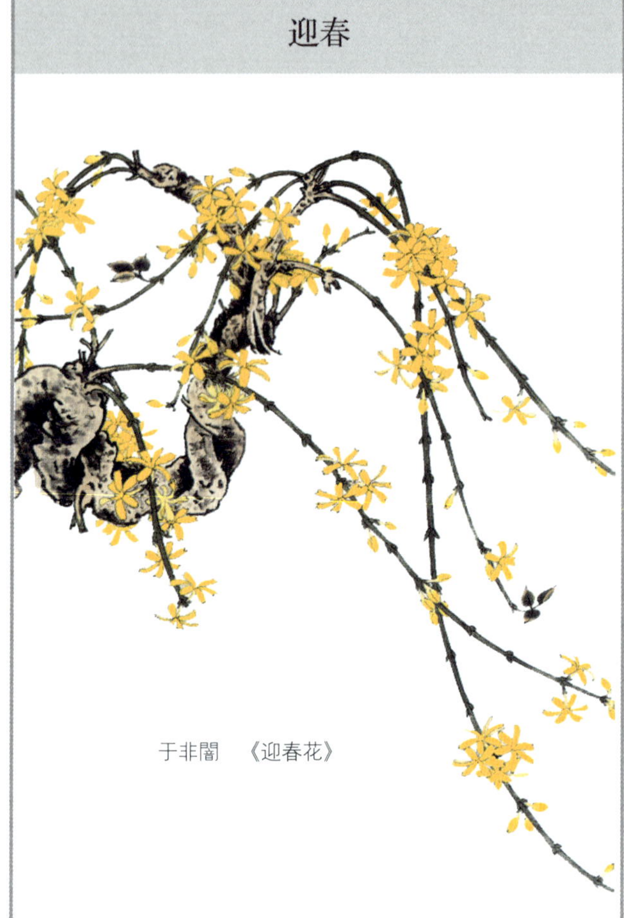

于非闇 《迎春花》

迎春花，花期2—4月，木樨科素馨属落叶灌木。野迎春，又名黄素馨，花期3—5月，木樨科素馨属常绿灌木。野迎春形状与迎春花相似。迎春花和野迎春的主要区别在于，迎春花为落叶灌木，花型较小，只有单瓣；野迎春为常绿灌木，花型较大，有单瓣和重瓣。

迎春花

迎春花又名金腰带，是一种小型灌木，往往数株丛生，也有独本而露根，伸张如龙爪的，姿态最美。干高一二尺、三四尺不等，可作盆栽，要是种在地上，可达一丈以上。茎作方形，上端纤细而延长，因有金腰带之称。茎上对节生小枝，一枝有三叶，叶厚，作深绿色，与小椒叶很相像而没有锯齿。春前开鹅黄色小花，六瓣，略似瑞香，不会结实，又有开花作两叠的，自是异种，也许来自日本。花后剪其枝条，插在肥土中即活，二、三月中用挦牲水浇灌，来春花必繁茂。

迎春虽很平凡，却开在梅花之先，并且性不畏寒，花时很长，与梅花仿佛。我曾有句云："不耐严冬寒彻骨，如何迎得好春来。"顾名思义，自是花中可儿。然而虽说它并不畏寒，可是有一年初冬时，寒流突然袭来，竟也抵抗不得。我旧有的几株老干迎春，都断送在这一次寒流之下。只有一株悬崖形的至今无恙，如鲁灵光之巍然独存。旧籍中称迎春为僭客，又有品为六品四命和七品三命的，不知所取何义。迎春枝条多长而纤细，婀娜多姿，种在深盆中，作悬崖形，使它的柔条纷披下垂，最为美观。

迎春花倒也是古已有之的，唐宋时期，就见之于诗人笔下了。如白香山[1]《玩迎春花赠杨郎中》云：

---

① 即唐人白居易，号香山居士。

金英翠萼带春寒，黄色花中有几般？

凭君语向游人道，莫作蔓菁花眼看。

韩琦《中书东厅迎春》云：

覆阑纤弱绿条长，带雪冲寒折嫩黄。

迎得春来非自足，百花千卉共芬芳。

刘敞《阁前迎春花》云：

沉沉华省锁红尘，忽地花枝觉岁新。

为问名园最深处，不知迎得几多春？

断句如晏殊咏迎春云：

浅艳侔莺羽，纤条结兔丝。

偏凌早春发，应诮众芳迟。

以花色比作黄莺的羽毛，以枝条比作纤柔的菟丝，更以花之早开为当然，而诮他花之迟放，寥寥二十字，已将迎春花的特点写尽了。

词中咏迎春的较少，宋人赵师侠曾有《清平乐》一阕云：

> 纤秾娇小，也解争春早。占得中央颜色好，装点枝枝新巧。　　东皇初到江城，殷勤先去迎春。乞与黄金腰带，压持红紫纷纷。

这里将迎春和金腰带两个名称，全都带上了。

〔英国〕玛蒂尔达　《野迎春》

玉兰

〔法国〕圣伊莱尔　《紫玉兰》

玉兰，花期2—3月，木兰科木兰属落叶乔木。玉兰花是上海市的市花。它是高洁品质的象征，其花语为冰清玉洁、芬芳和忠贞不渝的爱情。适合的送花对象是朋友和恋人。

但有一枝堪比玉

但有一枝堪比玉，何须九畹始征兰。

这是明代诗人张茂吴咏玉兰花的诗句，嵌上了“玉兰”二字，抬高了玉兰的身价。春分节近，气候转暖，一经春阳烘晒，春风嘘拂，玉兰的花蕾儿顿时露了白，不上二三天，就一朵朵地开放起来。我们搞园艺的，往往把玉兰当作寒暑表，每年春初见玉兰花开，就知道不会再有冰冻，凡是安放在室内的盆树盆花，都可移出来了。

玉兰是落叶亚乔木，有高达数丈的，都是数百年物。枝条短而樛曲，很有风致。一枝一朵花，都着在枝梢，花九瓣，洁白如玉，有微香，与兰蕙相似。我园子里的一株，高不过丈余，年年着花数百朵，烂漫可观。可惜不能耐久，十天以后，就落英满地了。要是趁它开到五六分时，摘下花瓣洗净，拖以面糊，用麻油煎食，别有风味。

苏州拙政园中部，有玉兰堂，榜额为明代大书画家文徵明手笔，遒逸不凡。庭前有老干玉兰，开花时一白如雪，映照得堂奥也觉得亮了起来。文氏也是爱好玉兰的，曾有七律一首加以咏叹：

绰约新妆玉有辉，素娥千队雪成围。
我知姑射真仙子，天遣霓裳试羽衣。
影落空阶初月冷，香生别院晚风微。
玉环飞燕原相敌，笑比江梅不恨肥。

文氏诗友沈周也有同好，曾有句云：“韵友自知人意好，隔帘轻解白霓裳。”他简直把玉兰作为韵友了。

玉兰宜于种在厅堂之前。昔人喜把它和海棠、牡丹同植一庭，取玉堂富贵之意，今天看来，实在是封建气味十足的。可是玉兰花盛开的时候，确也好看，甚至比作玉圃琼林，雪山瑶岛。明代诗人丁雄飞曾有《邀六羽叔赏玉兰》一简云：

玉兰雪为胚胎，香为脂髓，当是玉卮飞琼辈偶离上界，为青帝点缀春光耳。皓月在怀，和风在袖，夜悄无人时，发宝瑟声。侄瀹茗柳下，候我叔父，凭阑听之。

他将玉兰当作天上的所谓仙子，竟给予一个最高的评价。

洞庭东山紫金庵里，有一株数百年的老玉兰，上半截早已断了，只剩几尺高，干已枯朽，只有一张皮还有生机。每春着花十余朵，多数是白色的，少数是紫色的，大概是把玉兰和辛夷接在一起之故。可惜树龄太老，树身太大，再也不能移植。如果能移植在盆子里的话，那是盆景之王、盆景之宝了。每年春初，这株老玉兰吸引不少人前去观赏。我祝颂它老而弥健，益寿延年！

〔比利时〕雷杜德 《二乔玉兰》

杏

齐白石 《杏花竹鸡图》

杏花，花期3—4月，蔷薇科杏属木本植物。《西游记》第六十四回中有一妖怪为杏仙，为杏树所变。又杜牧有名句“借问酒家何处有，牧童遥指杏花村”，后因以“杏花村”泛指买酒处。

杏花春雨江南

每逢杏花开放时，江南一带，往往春雨绵绵，老是不肯放晴。记不得从前是哪一位词人，曾有“杏花春雨江南”之句[①]。这三个名词拆开来十分平凡，而连在一起，顿觉隽妙可喜，不再厌恶春雨之杀风景了。又宋代诗人陈简斋[②]句云：“客子光阴诗卷里，杏花消息雨声中。”足证雨与杏花，竟结了不解之缘，彼此是分不开的。我的园子里有一株大杏树，高二丈外，结实很大，作火黄色；另一株高一丈余，结实较小，色也较淡，而味儿都很甘美。所可惜的，每逢含苞未放时，就遭到了绵绵春雨，落英缤纷，我自恨护花无术，徒唤奈何而已。

1955年初夏，我于西隅凤来仪室上起了一座小楼，名花延年阁，凭窗东望，可见那大杏树烂漫着花。今春多雨，我常在楼头听雨，因此记起我们的爱国诗人陆放翁曾有“小楼一夜听春雨，深巷明朝卖杏花”之句，自有佳致；可是苏州卖花人，只有卖玫瑰花、白兰花、茉莉花的，卖杏花的却绝对没有。

唐明皇游别殿，见柳杏含苞欲吐，叹息道：“对此景物，不可不与判断。”因命高力士取了羯鼓来，临轩敲击，并奏一曲，名《春光好》，回头一看，柳杏都开放了。他得意地说道：“只此一

---

① 应出自元代虞集《风入松》词。
② 即陈与义，号简斋。

事，我能不能唤作老天爷啊?”开元中叶，扬州太平园中，有杏树数十株。每逢盛开时，太守大张筵席，召娼妓数十人，站在每一株杏树旁，立一馆，名曰争春。宴罢夜阑，有人听得杏花有叹息之声。又宋祁咏杏，有“红杏枝头春意闹”之句，一“闹”字下得好，传诵一时，人们便称之为红杏尚书。

咏杏的诗颇多佳作。如王禹偁云：

长愁风雨暗离披，醉绕吟看得几时。
只有流莺偏趁意，夜来偷宿最繁枝。

元好问云：

杏花墙外一枝横，半面宫妆出晓晴。
看尽春风不回首，宝儿元是太憨生。

清黄蛟起云：

烟波影里画船轻，尺五斜晖拥树明。
马上销魂禁不得，杏花花底一声莺。

此外如“借问酒家何处有，牧童遥指杏花村”“金勒马嘶芳草地，玉楼人醉杏花天”“春色满园关不住，一枝红杏出墙来”等，都是有关杏花的名句，传诵至今。杏花真是花国中的幸运儿了。

杭州西湖的西泠桥附近，旧有一家酒食店，名“杏花村”，门前挑出一个蓝色的小布幡，临风飘拂，很有画意，可惜早已歇业了。

〔荷兰〕凡·高　《杏花》

桃

〔明〕项圣谟　《花卉十开·白碧桃》

桃花，花期3—4月，蔷薇科梅属落叶乔木。我国春秋时，息侯夫人息妫貌美，国破后嫁给楚文王，生楚成王。后世称之为桃花夫人，唐代杜牧有《题桃花夫人庙》诗。

桃之夭夭，灼灼其华

“桃之夭夭，灼灼其华”，这是《诗经》中咏桃的名句。每逢阳春三月，见了那一树红霞，就不由得想起这八个字来，花朵的轻盈，花色的鲜艳，就活现在眼前了。桃，据说是西方之木，是五木之精，可是并不稀罕，到处都有，真是广大群众的朋友，博得了大众的普遍喜爱。

桃的种类不少，大致可分单瓣、复瓣两大类，单瓣的能结实，复瓣的只供赏花，结实不多。单瓣的有一种十月桃，迟至十月才结实，产地不详。复瓣的有碧桃，分白色、红色、红白相间、白地红点与粉红诸色，而以粉红色为最名贵。他如鸳鸯桃、寿星桃、日月桃、瑞仙桃、美人桃（即人面桃）等，也大都是复瓣的。

我有一株盆栽的老桃树，至少有三四十年的树龄，在吾家也已十多年了，枯干槎丫，好像是一块皱瘦透漏的怪石。桃干最易枯朽，难以持久，而这一株却很坚实，可以说得天独厚。每年着花很多，并能结实，有一年结了十多个桃子，摘去了大半，剩下六个，虽不是很大，也有甜味。我吃了最后一个，算是劳动的报酬，胜利的果实。我又有一株安徽产的碧桃，也是数十年物，干身粗如人臂，屈曲下垂，作悬崖形；花为复瓣，大似银圆，作粉红色，很为难得。每年着花累累，鲜艳可爱。这两株桃花同时艳发，朋友们都称之为吾家盆景中的二宝。

晋代陶渊明作《桃花源记》，原是寓言八九，并非真有其地。而后世读者，都向往于这个世外桃源，也足见其文字之魅力了。我藏有明代周东村[①]所作《桃花源图》大幅，上有嘉靖某某年字样，笔酣墨饱，精力弥满，自是不可多得的杰作。我受了此画的影响，因于前两年制一大型水石盆景，有山，有水，有洞，有屋舍，有田野，有船，有渔人，有桃花林，有种田的农民，俨然是一幅桃花源图，自以为平生得意之作，可是桃花并不是真的。我将天竹剪成短枝，除去红子，就有一个个小颗粒，抹上了红漆，活像是具体而微的桃花了。

桃花必须密植成林，花时云蒸霞蔚，如火如荼，才觉得分外好看。据《武夷杂记》载："春山霁时，满鼻皆新绿香。访鼓楼坑十里桃花，策杖独行，随流折步，春意尤闲。"又宁波府城东，相传汉代刘晨、阮肇二人曾在此采药，春月桃花万树，俨然是桃源模样。茅山乾元观，前有道士姜麻子，从扬州乞得烂桃核好几石，在空山月明中种下，后来长出无数桃树，长达五里余。西湖包家山，宋时有"蒸霞"匾额，因山上独多桃花之故。二三月间，游人纷纷来看桃花，称之为"小桃源"。栖霞岭满山满谷都是桃花，仿佛红霞积聚，因以为名。古田县黄檗山桃树密集，山下有桃坞、桃湖、桃洲、桃溪诸胜，简直到处都是桃花了。又溆浦一名华盖山，从前曾有人种下了千树桃花，至今有桃花圃之称。上海龙华一

① 即周臣，号东村。

带，有桃树极盛，每逢春光好时，游人趋之若鹜。苏州市园林管理处曾在城东动物园对面的城墙上种了桃树几百株，开花时红霞照眼，真如一面大锦屏了。

唐明皇御苑中，有千叶桃花。所谓千叶桃花，就是碧桃，因为它是复瓣之故，比之单瓣的更见娇艳。我的园子里，旧有碧桃四株，三株是深红色的，一株是红白相间的。树干高三丈余，盛开时真如一片赤城霞，十分鲜艳，园外也可望见，在万绿丛中特别动目。花落时猩红满地，好似铺上了一条红地毯。可惜因树龄都在三十年以上，先后枯死了，这是一个不可弥补的损失。词中咏碧桃的不多见，曾见宋代秦观《虞美人》云："碧桃天上栽和露，不是凡花数。"这是给予碧桃花的一个很高的评价。

〔明〕项圣谟　《花卉十开 · 千叶桃》

樱

〔英国〕玛蒂尔达　《彼岸樱》

樱花，花期3—4月，蔷薇科李属落叶乔木。樱花被视为日本的国花。樱花因其在绽放得最美的一刻凋零，而被日本人视为其武士道的象征。

易开易谢的樱花

樱花是落叶亚乔木，叶作尖形，与樱桃叶一模一样，花五瓣，也与樱桃花相同。不过樱桃花结实，而樱花是不会结实的。花有单瓣，有复瓣，色有白、绿与浅红三种，易开易谢，一经风雨，就落英满地了。我们的邻国日本，不知怎的，竟爱上了这樱花，三岛上到处都种着。花开的时节称为樱花节，士女们都得到花下去狂欢一下，高歌纵酒，不醉无归，连全国的学校也放了樱花假，让学生们及时行乐，真的是举国若狂了。

我的园子里，本有两株樱花。那株浅红色的早就死了；还有一株白的，却已高出屋檐，春光好时，着花无数。我本来爱花若命，对于花几乎无所不爱，可是经了“八一三”创巨痛深，对樱花也并没好感。记得往年曾有这么一首诗：

芳菲满眼占春足，紫姹红嫣绕屋遮。
花癖还须分国界，樱花不爱爱梅花。

某一天早上，见树头已疏疏落落地开了几枝花，与一树红杏相掩映，我只略略看了一眼，并不在意。谁知到了午后，竟完全开放，望过去恰如白云一大片，令人有“其兴也勃焉”之感。但风雨一来，那些花就纷纷辞枝而下，落英遍地了。

故词人况蕙风[①]，对于樱花似乎有特殊的爱好，既以“餐樱庑”名其斋，而词集中咏叹樱花的作品，也有十余阕之多。兹录其《浣溪沙》九之五云：

不分群芳首尽低，海棠文杏也肩齐，东风万一尚能西。　　见说墨江江上路，绿云红雪绣双堤，梅儿冢畔惜香泥。

何止神州无此花，西方为问美人家，也应惆怅望云涯。　　风味似闻樱饭好，天台容易恋胡麻，一春香梦逐浮槎。

画省三休伫玉珂，峨冠宝带惹香多，锦云仙路簇青娥。　　似此春华能爱惜，有人芳节付蹉跎，隔花犹唱定风波。

何处楼台罨画中？瑶林琼树绚春空，但论香国亦仙蓬。　　未必移根成惆怅，只今顾影越妍浓，怕无芳意与人同。

且驻寻春油壁车，东风薄劣不关花，当花莫惜醉流霞。　　总为情深翻怨极，残阳偏近蒨云斜，啼鹃说与各天涯。

① 即清末况周颐，晚号蕙风词隐。

词固隽丽，足为樱花生色，可是樱花实在不足以当之。

前南社社友邓尔雅有樱花诗五言一首：

昨日雪如花，明日花如雪。

山樱如美人，红颜易销歇。

这也是说樱花的易开易谢，任它开放时如何地美，总觉美中不足。

樱花中白色的和浅红色的都不稀罕，只有绿色而复瓣的较为名贵。但它也与吾国梅花中的绿萼梅相似，含苞时绿得可爱，开足后也就变淡，好像是纯白的了。

〔英国〕玛蒂尔达　《大山樱》

梨

〔英国〕玛蒂尔达 《川梨》

梨，花期3—5月，蔷薇科梨属落叶乔木。唐代白居易《长恨歌》诗中有“玉容寂寞泪阑干，梨花一枝春带雨”句，形容杨贵妃泣下如雨的姿容。后世用“梨花带雨”形容女子的娇艳。

梨花如雪送春归

梨花开时，正是春尽江南的季节，看了庭园里梨花如雪，想起古人“梨花院落溶溶月”的诗句。雪白的月色，映照着雪白的花光，这真是人间清绝之景，最足以耐人寻味。可是一想到“雨打梨花深闭门”“夜来风雨送梨花”，那又不免勾起不愉快之感。

梨花属蔷薇科的梨属，是落叶乔木，性喜高燥，不怕寒冷。它有快果、果宗、玉乳、蜜父等几个别名，都见《本草纲目》。树身高达二三丈，木质坚实，枝叶四张，亭亭如盖。叶作卵形，与杏叶很相像而较大较厚。叶柄很长，叶端是尖的，边缘有小小的锯齿。农历三月开花，同时发叶。花五瓣，作纯白色，也有作红色的，或香或不香，当然是以香为贵。到了夏秋之间，结实已成熟，作球形或卵形，因种类的不同，形态也就有异，而表皮上都有细小的点子，这是个个相同的。

我最爱北方的雅梨、莱阳梨、烟台洋梨、北京小白梨，全都甘美可口，南方的梨以砀山为美，甜甜的没有一些酸，可是肉质稍粗，未免美中不足。据说安徽休宁、歙县交界处的一个村子里，出产一种蜜汁梨，果形很小，只像枇杷般大，刚从树上摘下来时，很为坚硬，必须藏在瓦器中密密加封，经过了好几天开封取食，只须在皮上吮吸一下，肉和汁全都入口而化，似是玉液琼浆，美不可言。然而这是几十年前的事，不知现在还有出产否？梨也有野生的，形小而味酸，经过了嫁接，方能改善。嫁接可用野生的杜梨作为砧木，接以名种，有枝接和芽接两种方法，枝接宜在农历三四月间，芽接宜在农历八月上旬和八月下旬。

梨于医疗上也有它的特长。梨熬了膏，用开水冲饮，可以止咳。李时珍也说它润肺凉心，消痰降火，解疮酒毒。它的花和叶各有效用，把它的根和皮煎汁洗疮疥，也有效。

后汉孔融让梨，千古传为佳话。据说他四岁时，和他的几个哥哥一同分梨，梨大小不一，而他却独取小的。有人问何故，他说："我是小弟弟，应该取小的。"个人主义者听了这个故事，不知作何感想?

〔元〕钱选 《梨花图卷》

海棠

〔法国〕圣伊莱尔 《南方海棠》

海棠花，花期4—5月，蔷薇科苹果属落叶小乔木。因海棠品种繁多，故在中国的植物分类中，暂以“西府海棠”一称概括之。海棠是现在宝鸡市的市花。宝鸡古称西府，多种海棠，“西府海棠”之名由此而来。另外，西府海棠和秋海棠实际上是两个品种，西府海棠是木本植物，秋海棠是草本植物。中国古时有妇人因思念长久不见的爱人，洒泪生花。此花即秋海棠，故秋海棠有“断肠花”之别名，是不适合拿来送人的。

西府海棠

我的园子里有西府海棠两株，春来着花茂美，而经雨之后，花瓣湿润，似乎分外鲜艳。

“只恐夜深花睡去，高烧银烛照红妆。”这是苏东坡咏海棠诗中的名句，把海棠的娇柔之态活画了出来。海棠原不止一种，以木本来说，计有西府、垂丝、木瓜、贴梗四种，而以西府为尽态极妍，最配得上这两句诗。清朝的园艺家，也认为海棠以西府为美，而西府之名“紫绵”者更美，因为它的色泽最浓重而花瓣也最多。这名称未之前闻，不知道现在仍还有这个品种否？

西府海棠又名海红，属蔷薇科的棠梨类，树身高达一二丈不等，是用梨树嫁接而成。木质坚实而多节，枝密而条畅。花期在农历二三月间，花五瓣，未开时花蕾像胭脂般鲜红，开放后像晓露般明艳，而色彩似乎淡了一些。花型特大，朵朵向上，三五朵合成一簇，花蒂长约一寸余，作淡紫色，花须也是紫色的，微微透出清香。这是西府的特点，而为他种海棠所不及。到了秋天，结成果实，味酸，大如樱桃。这大概就是所谓的海棠果吧？如果不让它结实，花谢后一见有子，立即剪去，那么明春花更茂美。

海棠也可插瓶作供，如用小胆瓶插西府一枝，自觉娇滴滴越显红白。据说折枝的根部，可用薄荷包裹，或竟在瓶中满注薄荷水，可以延长花的寿命，让你多看几天，岂不很好？

〔清〕项圣谟　《花卉十开·海棠》

杜鹃

〔法国〕圣伊莱尔　《欧洲杜鹃》

杜鹃，花期4—5月，杜鹃科杜鹃属木本植物。杜鹃是安徽、江西、贵州三省的省花，同时也是长沙等十余市的市花。其花语是永远属于你、节制欲望，适合的送花对象是恋人、家人和朋友。

杜鹃枝上杜鹃啼

鸟类中和我最有缘的，要算是杜鹃了。记得四十五年前，我开始写作哀情小说。有一天偶然看到一部清代词人黄韵珊[1]的《帝女花》传奇，那第一折楔子的《满江红》词末一句是“鹃啼瘦”三字，于是给自己取了个笔名“瘦鹃”，从此东涂西抹，延续至今，倒变成了正式的名号。

杜鹃惯作悲啼，甚至啼出血来，从前诗人词客称之为“天地间愁种子”，鹃而啼瘦，其悲哀可知。可是波兰有首出名的民歌《小杜鹃》，我虽不知道它的词儿，料想它定然是一片欢愉之声，悦耳动听。

鸟和花虽有连带关系，然而鸟有鸟名，花有花名，几乎没一个是雷同的，唯有杜鹃却是花鸟同名，最为难得。唐代大诗人白乐天诗，曾有“杜鹃花落杜鹃啼”之句。往年亡友马孟容兄给我画杜鹃和杜鹃花，题诗也有“诉尽春愁春不管，杜鹃枝上杜鹃啼”之句，句虽平凡，我却觉得别有情味。

杜鹃有好几个别名，以杜宇、子规、谢豹三个较为习见。据李时珍说：“杜鹃出蜀中，今南方亦有之，状如雀鹞，而色惨黑，赤口有小冠。春暮即鸣，夜啼达旦，鸣必向北，至夏尤甚，昼夜不止，其声哀切。田家候之，以兴农事。惟食虫蠹，不能为巢。

① 即黄燮清，号韵珊。

居他巢生子，冬月则藏蛰。”关于杜鹃的一切，这里说得很明白，看它能帮助田家“兴农事”，“食虫蠹”，分明是一种益鸟。它的啼声哀切，也许是出于至诚，含有“垂涕而道”的意思，好使田家提高积极性，不要耽误了农事。

杜鹃有一个神话。古蜀国杜宇称帝，号望帝。那时荆州有一个死而复生的人，名鳖灵，望帝立以为相。恰逢洪水为灾，民不聊生，鳖灵凿巫山，开三峡，除了水患。隔了几年，望帝因他功高，就让位于他，号开明氏，自己入西山，隐居修道。死了之后，忽然化为杜鹃，到了春天，总要悲啼起来，使人听了心酸。据说，杜鹃的啼声，是在说“不如归去”。因此诗词中就有不少以此为题材的，如宋代范仲淹诗云：“夜入翠烟啼，昼寻芳树飞。春山无限好，犹道不如归。”康伯可[①]《满江红》词有云：“……镇日叮咛千百遍，只将一句频频说。道不如归去不如归，伤情切。”每逢暮春时节，我的园子里杜鹃花开，常可听得有鸟在叫着“居起、居起”，据说就是杜鹃。“居起”是苏、沪人“归去”的方言，大概四川的杜鹃到了苏州，也变此腔，懒得说普通话了。

西方人似乎爱听杜鹃声，所以波兰有《小杜鹃》歌。西欧各国还有一种杜鹃钟，每到一点钟有一只杜鹃跳出来报时，作“克谷”之声，正与杜鹃的英国名称“Cuckoo”相同，十分有趣。我以为杜鹃声并不悲哀，为什么古人听了要心酸，要断肠，多半是

① 即宋人康与之，字伯可。

一种心理作用吧？

杜鹃花发映山红

杜鹃花一名映山红，农历三四月间杜鹃啼血时，此花便如火如荼地怒放起来，映得满山都红，因之有这两个名称。此外又有踯躅、红踯躅、山踯躅、谢豹花、山石榴诸名，而日本却称之为皋月，不知所本。花枝低则一二尺，高则四五尺，听说黄山和天目山中，有高达一丈开外的。一枝着花三数，有红、紫、黄、白、浅红诸色，有单瓣、双瓣、复瓣之别。春季开放的称为春鹃，夏季开放的称为夏鹃。春鹃多单瓣与双瓣。桃鹃夏开，却为复瓣，并且不止一色，有作桃红色的，也有白地而加红线条的。四川、云南二省，都以产杜鹃花名闻天下，多为双瓣。国外则推荷兰所产为最，复瓣而边缘有褶皱，状如荷叶边。日本人取其种，将花粉交配，异种特多，著名的有王冠、天女舞、四海波、寒牡丹、残月、晓山诸种。二十余年前，我搜罗了几十种，可惜在抗日战争期间，避地他乡，失于培养，先后枯死了。

清初陈维岳有《杜鹃花小记》云：

> 杜鹃产蜀中，素有名。宜兴善权洞杜鹃，生石壁间，花硕大，瓣有泪点，最为佳本，不亚蜀中也。杜鹃以花鸟并名，昔少陵幽愁拜鸟，今是花亦可吊矣。

善卷洞旁有碧鲜岩，岩东有碧鲜庵，后改名为善卷寺，后又讹为善权寺。善卷洞也有误为善权洞的。善卷洞产生瓣有泪点的杜鹃花，倒是闻所未闻，不知今仍有之否？

昔人诗中咏杜鹃花的，多牵连到鸟中的杜鹃，甚至说是杜鹃啼血染成红色的。唐代李白《宣城见杜鹃花》云：

> 蜀国曾闻子规鸟，宣城还见杜鹃花。
> 一叫一回肠一断，三春三月忆三巴。

韩偓《净兴寺杜鹃花》云：

> 一园红艳醉坡陀，自地连梢簇茜罗。
> 蜀魄未归长滴血，只应偏滴此丛多。

杨万里《杜鹃花》云：

> 泣露啼红作么生，开时偏值杜鹃声。
> 杜鹃口血能多少，恐是征人滴泪成。

杨巽斋《杜鹃花》云：

鲜红滴滴映霞明，尽是冤禽血染成。

羁客有家归未得，对花无语两含情。

红杜鹃花还可说是杜鹃啼血所染，其他紫、白、黄诸色的杜鹃花，那又该怎么说呢？

我于抗战以前，曾以重金买得盆栽杜鹃花一本，似为百年外物，苍古不凡。枯干粗如人臂，下部一根斜出，衬以苔石，活像一头老猿蹲在那里，花作深红色，鲜艳异常。我曾宠之以诗：

杜鹃古木上盆栽，绝肖孤猿踞碧苔。

花到三春红绰约，明珰翠羽入帘来。

抗战期间我不在家，根须受了蚁害，竟以致命。年来到处物色，殊有“佳人难再得”之叹！幸而前年又得了老干紫杜鹃花一大盆，盆也古旧，四周满绘山水，似是清初大画家王鉴所画的崇山峻岭、曲涧长河。这是清代相国潘世恩的遗物，当作传家之宝。原为五大干，入艺兰专家范氏手，枯死其二，范氏去世，归于我有。年年盛开紫红色花数百朵，密密层层，有如锦绣堆一般。来宾们观赏之下，莫不欢喜赞叹。

〔法国〕圣伊莱尔 《黑海杜鹃》

紫罗兰

〔奥地利〕玛丽·瓦格纳　《紫罗兰》

紫罗兰，花期4—5月，十字花科紫罗兰属多年生草本植物。紫色紫罗兰的花语是永恒的美丽，适合的送花对象是恋人。

一生低首紫罗兰

幽葩叶底常遮掩，不逞芳姿俗眼看。
我爱此花最孤洁，一生低首紫罗兰。

艳阳三月齐舒蕊，吐馥含芬却胜檀。
我爱此花香静远，一生低首紫罗兰。

开残篱菊秋将老，独殿群芳密密攒。
我爱此花能耐冷，一生低首紫罗兰。

这三首诗，是我为歌颂紫罗兰而作的。那“一生低首紫罗兰”句，出于老友秦伯未医师之手，他赠我的诗中曾有这么一句，我因此借以为题。

紫罗兰产于欧美各国，是草本，叶圆而尖其端，很像是一颗心；花五瓣，黄心绿萼，花瓣的下端，透出萼外，构造与他花不同。花有幽香，欧美人用作香料、制皂与香水，妇女们当作恩物。此花虽是草本，而叶却经冬不凋，并且春秋两季都会开花；最好是春季，三月下旬，就像其他春花那么盛开了。

考希腊神话，司爱司美的女神维纳斯（Venus），因爱人远行，分别时泪滴泥土，来春发芽开花，就是紫罗兰。我曾咏之以诗：

娟娟一圃紫罗兰，神女当年血泪斑。

百卉凋零霜雪里，好花偏自耐孤寒。

我之与紫罗兰，毋庸讳言，自有一段影事，刻骨倾心，达四十余年之久，还是忘不了。只为她的西名是紫罗兰，我就把紫罗兰作为她的象征，于是我往年所编的杂志，就定名为《紫罗兰》《紫兰花片》，我的小品集定名为《紫兰芽》《紫兰小谱》，我的苏州园居定名为“紫兰小筑”，我的书室定名为“紫罗兰盦”，更在园子的一角叠石为台，定名为“紫兰台”。每当春秋佳日紫罗兰盛开时，我往往痴坐花前，细细领略它的色香，而四十年来牢嵌在心头眼底的那个亭亭倩影，仿佛从花丛中冉冉地涌现出来，给我以无穷的安慰。已故王西神前辈曾采取我的影事作长诗《紫罗兰曲》。兹录其首段，云：

飞琼姓氏漏人间，天风环佩来姗姗。千红谢馥嫣红俗，化作琪葩九畹兰。芳兰本自生空谷，白石清泉寄幽躅。韵事尽教传玉台，美姿未肯藏金屋。移根远道来欧洲，瑶草呼龙种碧畴。耕同仙李供香国，咒傍天桃俪粉侯。

诗太长了，只录其花与人双关的一段，以下从略。

我往年所有的作品中，不论是散文、小说或诗词，几乎有一半都嵌着紫罗兰的影子。故徐又铮当年曾赋诗见赠云：

持鬘天后落人寰，历劫情肠不可寒。

多少文章供涕泪，一齐吹上紫罗兰。

这真是知我者的话，可是宣传太广，就被人家利用了。杭州曾有紫罗兰商店，上海与苏州曾有紫罗兰理发店，其实都是与我不相干的。我的《红鹃词》中，有几阕小令，都咏及紫罗兰，如《花非花》云：

花非花，雾非雾。去莫留，留难住。当年沉醉紫兰宫，此日低回杨柳渡。

《转应曲》云：

难耐，难耐，泼眼春光如缋。万花婀娜争开，付与贪蜂去来。来去，来去，魂殢紫兰香处。

又《如梦令》云：

一阵紫兰香过，似出伊人襟左。恐被蝶儿知，不许春花远播。无那，无那，兜入罗衾同卧。

日来闲坐花前，抚今思昔，又不禁回肠荡气了。

〔荷兰〕凡·高　《小桌上的紫罗兰》

紫藤

〔英国〕玛蒂尔达 《紫藤》

紫藤，花期4—5月，豆科紫藤属落叶藤本植物。据传，紫藤花的花语有为爱而生、为爱而亡之意，而且紫藤花花枝柔弱绵长，不太适合拿来送人。

花光一片紫云堆

我对紫藤花有一种特殊的爱好，每逢暮春时节，立在紫藤棚下，紫光照眼，璎珞缤纷，还闻到一阵阵的清香，真觉得可爱煞人！

在苏州几株大名鼎鼎的宝树中间，怎么会忘却拙政园中那株夭矫盘曲、如虬如龙的老紫藤呢！这紫藤的主干又枯又粗，可供二人合抱，姿态古媚已极，据说是明代诗书画三绝的文徵明所手植的。四五百年来饱阅风霜，老而弥健，只因曲曲弯弯地盘将上去，不比其他古树的挺身而立，所以下面支以铁柱，上面枝叶伸展开去，仿佛给满庭张了一个绿油油的天幕。壁间有不知何人所题的“蒙茸一架自成林”七字，并于地上立一碑，大书“文衡山先生手植藤”八字。中华人民共和国成立后，苏南文物管理委员会来整修拙政园，对于这株古藤非常重视，特地装置了一排朱红漆的栏杆保护它，要使这株宝树延长寿命，长供群众欣赏，这措施实在是必要的。每年开花时节，我总得专诚前去，痴痴地靠着红栏杆，饱领它的色香。有时为那虬龙一般的枯干所陶醉，恨不得把它照样缩小了，种到我的那只明代铁砂的古盆中去，尊之为盆景之王。

此外，南显子巷惠荫园中的水假山上，也有一株老藤，是清康熙年间名儒韩菼手植，所以藤下立有“韩慕庐先生手植藤”一碑。主干也有一抱多，粗粗的枝条，好像千手观音的手一般伸展开去，一枝枝腾拏向上，有好几枝直挂到墙外去，蔚为奇观。暮春时敷荫很广，绿叶纷披中，像流苏般一串串地挂满了紫色的花，实在是足与文衡山的老藤争妍斗艳的。此外更有一株老紫藤，在木渎山塘青石桥附近。沿塘有一株老榆树，粗逾两抱，却交缠着一株又粗又大的老藤，估计它的高寿，也足足有一百多岁了。这一榆一藤交缠在一起，仿佛是两个力大无朋的大汉，在那里打架角力一般，模样儿很觉好玩。已故张仲仁先生曾给它们起了一个雅号，叫作“古榆络藤”。

我家园子里，也有一株老藤，主干已枯，古拙可喜。难能可贵的是花属复瓣的，作深紫色，外间从未见过，据说是日本种，朋友们纷纷称美。我曾以七绝一首宠之：

> 繁条交纠如相搏，屈曲蛇蟠擘不开。
> 好是春宵邀月到，花光一片紫云堆。

架上另有一株，年龄稍小，花作浅红色，也很别致。可惜地盘都给前一株占去了，着花不多，似乎有些屈居人下的苦闷。除此以外，我又有盆景紫藤多盆，以沧浪亭可园移来的一株为甲观。主干只剩半片，而年年开花数十串，生命力仍很充沛。有一年竟达二百八十余串，创造了一个新纪录，这真是一片紫云，蔚为大观了。另有两株是日本种的九尺藤，花串下垂特长，确很难得。可是九尺之称，实属夸大。

〔法国〕圣伊莱尔 《矮紫藤》

金银

〔法国〕圣伊莱尔　《忍冬》

金银花，学名为忍冬，花期4—6月，忍冬科忍冬属半常绿藤本植物。金银花有很强的药用功能，全身都可入药，具有清热排毒的作用。国家中医药管理局曾将其确定为35种名贵中药材之一，后来又将其确定为药食兼用品种。

金花银蕊鹭鸶藤

三年以前，我从小园南部的梅丘上掘了一株直本的金银花，移植在爱莲堂廊下的方砖柱旁。三年来亭亭直上，高达屋檐，枝叶四散低垂，好像是挂着一条条流苏，年年繁花怒放，幽香四溢。

金银花是藤本植物，一名鹭鸶藤。金代诗人段克己曾作长诗歌颂它，有“有藤名鹭鸶，天生非人育。金花间银蕊，翠蔓自成簇”之句，就把金银这名称点了出来。《广群芳谱》中说：“金银藤……三四月后开花不绝，花长寸许，一蒂两花，二瓣，一大一小。初开者蕊瓣俱色白，经二三日则变黄。新旧相参，黄白相映，故呼金银花，气甚芬芳。”因为它藤性坚韧，专向左缠，自有一定规律，因此又名“左缠藤”。柔蔓四袅，作紫色，叶对生，作卵形。新叶初发时，正面深绿，背面暗红。到了冬日，老叶败而新叶生，并不凋落，因此又名“忍冬”。此外又有一个别名最为别致，叫作“金钗股”，大概是为了它的花形略似古代妇女插戴的金钗之故。

农历四月，枝梢的叶腋间就抽出两个花蕾，也像叶片一样是对生的。初作紫红色，开足后分作大小两瓣，大瓣上端裂而为四，小瓣特小，只等于大瓣的四分之一。花须都为六根，长长地伸出花外。花色由紫红渐渐泛白，再变为黄，发香恬静，使人闻之意适。另一种蔓生于山野间的，花蕾全白，开足时才变作黄色。花落之后，结实如小黑豆，可以播种。

我家还有盆栽的金银花老干五六本，都作悬崖形，这几天也正满开着花，迎风送香。前年《人民画报》刊登过我的几幅盆景的彩色照片，其中就有一盆是悬崖形的金银花。

〔法国〕圣伊莱尔　《香忍冬》

牡丹

〔清〕郎世宁　《仙萼长春图·牡丹》

牡丹，花期5月，芍药科芍药属落叶灌木。它是我国的十大名花之一。牡丹有富贵吉祥、幸福美满的寓意，可以作为恭贺他人开业、新婚、过节时的赠礼。

国色天香说牡丹

宋代欧阳修《牡丹记》，说洛阳以谷雨为牡丹开候；吴中也有“谷雨三朝看牡丹”之谚，所以每年谷雨节一到，牡丹也烂漫地开放了。吾家爱莲堂前牡丹台上有粉霞色的玉楼春两大株，真是玉笑珠香，娇艳欲滴，谷雨节前，开得恰到好处。还有名种紫绢，瓣薄如绢，色作紫红，自是此中俊物。我徘徊花前，饱餐秀色，简直是可以忘饥了。

牡丹有鼠姑、鹿韭、百两金等别名，都不雅；又因花似芍药而本干如木，又名木芍药。古时种类极多，据说多至三百七十余种，以姚黄魏紫为最著。他如玛瑙盘、御衣黄、七宝冠、殿春芳、海天霞、鞓红、醉杨妃、醉西施、无瑕玉、万卷书、檀心玉凤、紫罗袍、鹿胎、萼绿华等种种名色，实在不胜枚举，可是大半已断了种，使人有香消玉殒之叹！

唐开元中，明皇与杨妃在沉香亭前赏牡丹，梨园弟子李龟年捧檀板率众乐前去，将歌唱。明皇不喜旧乐，因命翰林学士李白进《清平调》辞三章。我最爱他咏白牡丹的一章：

云想衣裳花想容，春风拂槛露华浓。

若非群玉山头见，会向瑶台月下逢。

还有咏红牡丹的一章：

一枝红艳露凝香，云雨巫山枉断肠。

借问汉宫谁得似，可怜飞燕倚新妆。

又大和、开成中，中书舍人李正封咏牡丹诗有“国色朝酣酒，天香夜染衣”之句。当时皇帝听了，大加称赏，对他的妃子说道：“你只要在妆台镜前，喝一紫金盏酒，那就可以切合正封的诗句了。”

牡丹时节最怕下雨，牡丹一着了雨，就会低下头来，分外地楚楚可怜。明代名士王百穀答任圆甫书云：“佳什见投，与名花并艳，贫里生色矣。得近况于张山人所，甚悉姚魏千畦，不减石家金谷；颇憾雨师无赖，击碎十尺红珊瑚耳。”雨师无赖，实是牡丹的大敌！

清代乾隆年间，东台举人徐述夔作紫牡丹诗，有“夺朱非正色，异种亦称王”一联，借紫牡丹来指斥清室，确是有心人。其坟墓在石湖磨盘山上，墓碑上大书“紫牡丹诗人徐述夔先生之墓”。如此诗人，才不愧诗人之称。

〔清〕居廉 《富贵白头图》

江寒汀 《牡丹双燕》

毕竟西湖六月中，风光不与四时同。
接天莲叶无穷碧，映日荷花别样红。

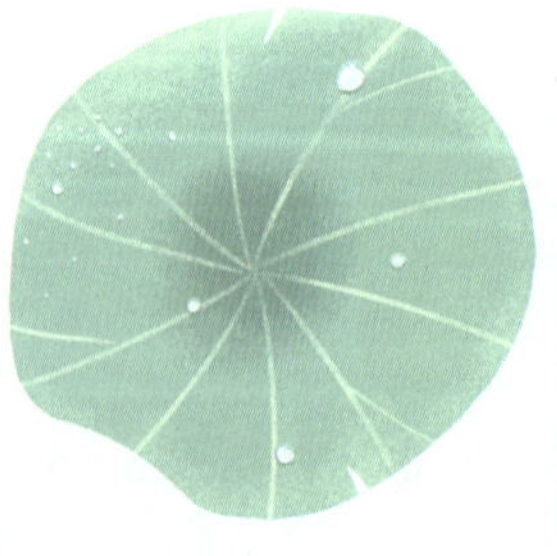

四时之花·夏

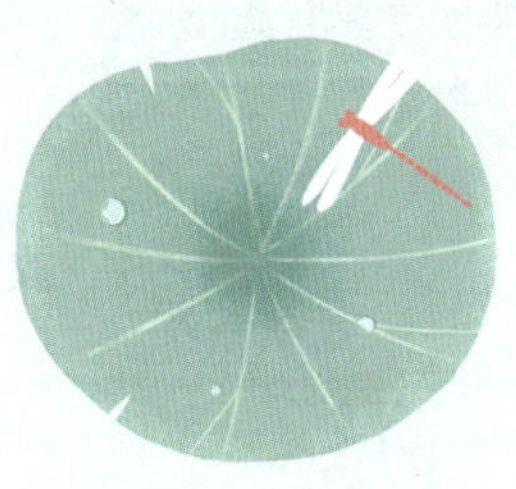

芍药

〔比利时〕雷杜德　《芍药》

芍药，花期5—6月，芍药科芍药属多年生草本植物。其花叶和牡丹十分相似。古称牡丹为“花王”，芍药为“花相”。(见杨万里《多稼亭前两槛芍药红白对开二百朵》诗。) 又，芍药在古时一名“可离”“将离”，可以作为赠别的礼物。

绰约婪尾春

婪尾春，是芍药的别名，创始于唐宋两代的文人。婪尾是最后之杯，芍药殿春而放，因有此称。《本草》说，芍药谐音绰约，是美好的意思。但看芍药的花容，确是美好可爱的。此外又有将离、余容、没骨花诸名称，都富有诗意。芍药是草本花，种下之后，宿根留在土中，每年农历十月生芽，春初丛丛挺出，作嫩红色，很为鲜艳。长成后高达二尺许，每茎一枝三叶，叶与牡丹很相像，可是狭长一些。春末开花，有紫色的、红色的、白色的、浅红色的，而以黄色为最名贵。据说扬州芍药冠于天下，多至三十余种。紫色的有宝妆成、叠香英、宿妆殷诸品，红色的有冠群芳、醉娇红、点妆红、试浓妆诸品，白色的有晓妆新、玉逍遥、试梅妆诸品，浅红色的有醉西施、怨春红、浅妆匀诸品，黄色的有金带围、道妆成、御衣黄诸品。顾名思义，可见芍药之美好，不亚于牡丹，昔人称为娇客，自无愧于这一个“娇”字。

芍药以扬州为最，宋人诗词中都曾加以歌颂。如苏东坡题赵昌《芍药图》云：

倚竹佳人翠袖长，天寒犹着薄罗裳。
扬州近日红千叶，自是风流时世妆。

黄山谷《广陵早春》云：

春风十里珠帘卷，仿佛三生杜牧之。
红叶梢头初茧栗，扬州风物鬓成丝。

韩元吉《浪淘沙》云：

鶗鴂怨花残。谁道春阑。多情红药待君看。浓淡晓妆新意态，独占西园。　风叶万枝繁。犹记平山。五云楼映玉成盘。二十四桥明月下，谁凭朱阑？

东坡曾说，扬州芍药为天下冠。蔡繁卿守扬州时，举行万花会，搜集芍药千万枝，人家园圃中都被搜刮一空，手下吏役，又趁火打劫，无恶不作，人民敢怒不敢言。东坡一到，问起民间疾苦，都说以此事扰民为最，从此万花会就不再举行了。庆历年间，韩魏公[①]以资政殿学士帅淮南，有一天见后园中有芍药一本，分作四歧，每歧各出一花，上下都作红色，而中间却间以黄蕊。那时扬州并无此种，原来这是异种“金缠腰”。韩欣赏之下，特地置酒高会，招邀四客同来一赏，以应四花之瑞。后来四客在三十年间，都先后做了宰相。

① 即北宋韩琦，封魏国公。

明代萧士玮在扬州做官时，曾有寄友人书云：

芍药惟此间为最。几坐公署，不得一瓣到眼。如此名花，只陪徽州贾子，呷盐茶豆粥，饮五加皮酒，挟新桥笨娼，唱四平腔调自豪耳。邯郸才人，嫁厮养卒，可胜叹惋！

因看不到芍药而大发牢骚，读此书，令人忍俊不禁。

吾苏城内网师园中，有堂名殿春簃，庭前全种芍药，竟如种菜一般。旧友张善子、张大千二画师寄寓园中时，我曾往观赏，真有美不胜收之感。吾园芍药有红、白、浅红三色，色香不让牡丹，开到五六分时，剪了几枝插胆瓶中，供之爱莲堂中，香满一堂。白色的五枝，用雍正黄瓷瓶插供，更觉娟净可喜。因忆清代满洲诗人塞尔赫有《咏白芍药》诗云：

珠帘入夜卷琼钩，谢女怀香倚玉楼。
风暖月明娇欲堕，依稀残梦在扬州。

在花前三复诵之，觉此花此诗，堪称双绝，真的是花不负诗、诗不负花了。

〔清〕郎世宁《仙萼长春图·芍药》

石榴

〔清〕佚名 《石榴花》（出自《缂丝乾隆御制诗花卉册》）

石榴，花期5—6月，石榴科石榴属落叶灌木或小乔木。因为石榴花大多为鲜艳的红色，古人常用其形容红色的事物。例如石榴裙（又称茜裙，茜即红色）在古时就指女子朱红色的裙子，后泛指女子的裙子。

蕊珠如火一时开

春光老去，花事阑珊，庭园中万绿成荫，几乎连一朵花都没有，只有仗着那红若火齐的石榴花来点缀风光，正如元代诗人马祖常所谓“只待绿阴芳树合，蕊珠如火一时开”了。

石榴一名丹若，一名沃丹，一名金罂，又名安石榴。据说石榴是汉代张骞出使西域时，从涂林安石国得了种子带回来的，所以唐代元稹有“何年安石国，万里贡榴花。迢递河源道，因依汉使槎”之句。树高一二丈不等，叶狭长，农历五月间开花，作鲜红色，也有黄、白、浅红诸色，也有红花白边和白花红边的，较为名贵。花有单瓣、复瓣之别，单瓣结实，复瓣不结实。有一种中心花瓣突起如楼台的，叫作重台石榴。有经常开花的，名四季石榴。另有一种小本细叶、开花猩红如火焰的，名火石榴，高只一尺许，栽在盆内，可作案头清供。

据旧籍中记载，石榴有两个神话。其一，闽县东山有榴花洞，唐代永泰年间，有樵夫蓝超遇白鹿一头，一路追赶，渡水进石门，先窄后宽，内有鸡犬人家。一老叟对他说：“我是避秦人，您能不能留在这里?”蓝回说且回去诀别了家人再来，在老叟给了他一枝石榴花后，兴辞而出，好似梦境一样。后来再去，竟不知所在。其二，唐代天宝年间，有处士崔元徽，春夜遇见女伴十余人，一穿绿衣的自称姓杨，又指一个穿红衣的说是石家阿措。当时又有封家十八姨来，诸女伴进酒歌唱。十八姨举动轻佻，举杯时泼翻了酒，污阿措衣，阿措作色而起。原来她就是安石榴，而十八姨就是风神。

梁代以《别赋》著名的江淹，有《石榴颂》云：

美木艳树，谁望谁待？缥叶翠萼，红华绛采。照烈泉石，芬披山海。奇丽不移，霜雪空改。

写得与石榴花一般的华艳，更增高了它的身价。词中咏石榴花的，我最爱宋代刘铉的《乌夜啼》：

垂杨影里残红，甚匆匆。只有榴花、全不怨东风。暮雨急，晓霞湿，绿玲珑。比似茜裙初染、一般同。

清代陈其年《江城了》云：

茜裙提出锦箱中。向花丛。斗娇容。裙影花光、都到十分浓。记得夜凉低压鬓，偏爱把，绿云笼。　　如今朱实画檐东。乱熏风。缀晴空。极望累累、高下绽房栊。欲摘又怜多子甚，相对笑，瓠犀红。

两词都以妇女的红裙与石榴花相比。

吾园弄月池畔，有石榴一大株，高丈余，年年着花数百朵，真如火焰烧枝。元代张弘范诗云：

猩血谁教染绛囊，绿云堆里润生香。

游蜂错认枝头火，忙驾熏风过短墙。

这倒是可以移咏此树此花的。此外盆栽多株，都是老干，中有一本为百余年物，已岌岌欲危。另有一小株，高只三四寸，先后开花四朵，而一次只开一花。有一位诗友见了，微吟王荆公[①]句云：

万绿丛中红一点，动人春色不须多。

① 即宋人王安石，曾被封为荆国公，故人称荆公。

陈之佛　《花荫觅食》（石榴花和蔷薇花）

凌霄

〔法国〕圣伊莱尔　《硬骨凌霄》

凌霄花，花期5—8月，紫葳科紫葳属藤本植物。中国凌霄和硬骨凌霄同属于凌霄的范畴，花形相似。中国凌霄花朵大而分散，硬骨凌霄花朵大而集中。此外，中国凌霄是攀缘藤本植物，而硬骨凌霄是半藤状或近直立灌木。

凌霄百尺英

花中凌霄直上，愈攀愈高，可以高达百尺以上而烂漫着花的，只有一种，就是凌霄，真的是名副其实。凌霄别名陵苕，又名紫葳。《本草》说，俗称色彩中红艳的，叫作紫葳葳，凌霄花也是红而艳的，因有此名。还有一个怪名叫鬼目，用意不明。

凌霄为藤本，山野间到处都有，蔓长二三尺时，只须旁有高大的树木，就会攀缘而上。树有多高，它也攀得多高，蔓生细须，牢牢地附着在树身上，虽有大风雨也不会刮落下来。春初枝条生长极快，叶尖长对生，像紫藤而较小，色也较深。农历六月间，每枝着花十余朵，也是对生的，花头浅裂作五瓣，初作火黄色，分批开放，入秋红艳可爱。不过花与萼附着不牢，一遇风雨，就纷纷脱落，这是唯一的憾事！唐代大诗人白乐天的一首《有木》诗，写凌霄个性，入木三分。诗云：

有木名凌霄，擢秀非孤标。
偶依一株树，遂抽百尺条。
托根附树身，开花寄树梢。
自谓得其势，无因有动摇。
一旦树摧倒，独立暂飘飖。
疾风从东起，吹折不终朝。

朝为拂云花，暮为委地樵。

寄言立身者，勿学柔弱苗。

通篇劝人重自立，戒依赖，富有教育意义。

凌霄花虽说善于依附，一定要靠别的树攀缘而上，然而也有挺然独立的。宋代富郑公所住洛阳的园圃里，有一株凌霄，竟无所依附而夭矫直上，高四丈，围三尺余，花开时，其大如杯。有人加以颂赞，竟称之为花木中的豪杰。苏州名画师赵子云①前辈的庭园中，也有一株独立的凌霄，高不过丈余，枝条四张，亭亭如盖，可是已枯朽了一半。赵翁去世以后，不知此树得延残喘否？

宋代西湖藏春坞门前，有古松二株，都有凌霄花攀附其上。诗僧清顺，惯常在松下作午睡。那时苏东坡正做郡守，有一天他屏去骑从，单身来访，恰好松风谡谡，吹落了不少花朵。清顺就指着落花索句。东坡为作《减字木兰花》词云：

双龙对起，白甲苍髯烟雨里。疏影微香，下有幽人昼梦长。　　湖风清软，双鹊飞来争噪晚。翠飐红轻，时堕凌霄百尺英。

古人诗词中，对于凌霄花的依赖性都有微词，有人更讥之为

① 即近现代人赵云壑，字子云。

势客，就是说它仗势而向上爬。可是清代李笠翁却偏偏相反。他说：“藤花之可敬者，莫若凌霄，然望之如天际真人，卒急不能招致，是可敬亦可恨也！欲得此花，必先蓄奇石古木以待，不则无所依附而不生，生亦不大。”他对于依附并不以为意，反以其高高在上为可敬。

我有盆栽凌霄花一株，作悬崖形，每年着花累累，枝条纷披，越见得婀娜有致。此本为故名画师邹荆盦前辈所爱培，他逝世后，由其夫人移赠于我，以作纪念。我见花如见故人，不胜凄感！我的园子里，有大杨树二株，高三四丈。十余年前我在树根上种了两株凌霄，现在干粗如壮夫双臂，攀附已达树梢，入夏着花无数，给碧绿的杨叶衬托着，分外妍丽。我于梅丘的高峰下也种了一株，枝条交纠攀缘而上，早已直上峰巅。因忆宋代范成大寿栎堂前的小山峰上凌霄花盛开，葱蒨如画，因名之曰凌霄峰，并咏以诗云：

> 天风摇曳宝花垂，花下仙人住翠微。
> 一夜新枝香焙暖，旋熏金缕绿罗衣。
>
> 山容花意各翔空，题作凌霄第一峰。
> 门外轮蹄尘扑地，呼来借与一枝筇。

峰名凌霄，恰好与花媲美，那么我的梅丘峰也可称为凌霄峰了。

〔清〕居廉　《凌霄花图》

蔷薇

〔比利时〕雷杜德　《百叶蔷薇》

蔷薇，花期5—9月，蔷薇科蔷薇属落叶灌木。蔷薇、玫瑰和月季同为蔷薇科蔷薇属，是名副其实的姊妹花。红色的蔷薇、玫瑰和月季的花语都是爱情，适合送给恋人。

蔷薇开殿春风

春雨，春雨，染出春花无数。蔷薇开殿春风，满架花光艳浓。浓艳，浓艳，疏密浅深相间。

这是清代词人叶申芗咏蔷薇的《转应曲》[①]。所谓“蔷薇开殿春风”，就是说蔷薇是开在春末最后的花了。蔷薇是落叶灌木，青茎多刺，因有刺红、山棘诸称。花型有大有小，花瓣有单有复，有红、白、黄、深紫、粉红诸色。花有香的，有不香的，而以单瓣的野蔷薇为最香，可以浸酒窨茶。因它不须栽种，丛生郊野间，所以别号野客。宋代姜特立有《野蔷薇》一诗足为此花张目，诗云：

拟花无品格，在野有光辉。
香薄当初夏，阴浓蔽夕晖。
篱根堆素锦，树杪挂明玑。
万物生天地，时来无细微。

蔷薇又名买笑花，源出汉代，现在几乎没有人知道了。汉武

① 即《古调笑》，单调三十二字。

帝与妃子丽娟在园中看花，那时蔷薇刚开放，好似含笑向人。武帝说：“此花绝胜佳人笑也。”丽娟戏问道：“笑可以买吗？”武帝回说：“可以的。”于是丽娟就取出黄金百斤，作为买笑钱，让武帝尽一日之欢。因此之故，蔷薇就得了一个买笑花的别名。

英国大诗人彭斯（Robert Burns）有著名的诗篇《一朵红红的蔷薇》，为赠别他的恋人而作，即将红蔷薇比作恋人。诗僧苏曼殊曾把它译成中文，以《颎颎赤墙靡》为题，诗云：

颎颎赤墙靡，首夏初发苞。恻恻清商曲，眇音何远姚！予美谅夭绍，幽情申自持。沧海会流枯，相爱无绝期。沧海会流枯，顽石烂炎熹。微命属如缕，相爱无绝期。掺袪别予美，离隔在须臾。阿阳早日归，万里莫踟蹰。

中国国药店有野蔷薇露，饮之清火避暑。唐代柳宗元得韩愈所寄诗，先以蔷薇露洗了手，方始开读。寿皇[①]时禁中供御酒，名蔷薇露，大概也是用蔷薇花制成的。宋代大食国、爪哇国等出蔷薇露，洒在衣上，其香经年不退，大约就是现代的上品香水了。

蔷薇蔓生，枝条极长，或攀在墙上，或搭在架上，或结成屏风，开花时几百朵团簇一起，自觉灿烂可观；如果铺在地上，那

① 即宋孝宗。

就好像一堆锦被了。彭州的蔷薇，俗称锦被堆花。宋代徐积曾有《锦被堆》一诗云：

春风萧索为谁张，日暖仍熏百和香。
遮处好将罗作帐，衬来堪用玉为床。
风吹乱展文君宅，月下还铺宋玉墙。
好向谢家池上种，绿波深处盖鸳鸯。

句句说花，却句句贴切锦被，自是一首工整的好诗。吾家紫罗兰龛南窗外，曾于一年前种了一株黄蔷薇，现在已攀满了一堵南墙，真如锦屏一样。春暮着花好几百朵，妙香四溢，含蕊时作鹅黄色，最为美观，可惜开足后就淡下来了。明代张新有诗咏黄蔷薇云：

并占东风一种香，为嫌脂粉学姚黄。
饶他姊妹多相妒，总是输君浅淡妆。

姊妹花枝

文章中有小品，往往短小精悍，以少许胜。花中也有小品，玲珑娇小，别有韵致，如蔷薇类中的七姊妹、十姊妹，实是当得上这八个字的考语的。花与蔷薇很相像，可是比蔷薇为小，花为复瓣，状如磬口。一蓓而有七朵花的，名七姊妹；一蓓而生十朵花的，名十姊妹。花朵儿相偎相依，活像是同气连枝的姊姊妹妹一样。花色以深红、浅红为多，白色与紫色较少，而以深红色的一种最为娇艳。每年倘于农历正月间移种，八月间扦插，没有不活的。此花因系蔓性，可以攀在墙上，一年年地向上爬。往年我住在上海愚园路田庄时，在庭前木栅旁种了一株浅红色的十姊妹。最初攀在木栅顶上，后用绳子绊在墙上，不到三年，竟爬到了三层楼的窗外。暮春繁花齐放，好似红瀑下泻，美妙悦目。清代吴蓉齐有《咏十姊妹》一诗云：

> 袅袅亭亭倚粉墙，花花叶叶映斜阳。
> 谁家姊妹天生就，嫁得东风一样妆。

移咏我这一株倚着粉墙攀缘直上的十姊妹，也是十分确当的。

明代小品文作家张大复，有《梅花草堂笔谈》之作，中有一则谈十姊妹云：“十姊妹，花之小品，而貌特媚，嫣红古白，袅袅欲笑，如双姝邂逅，娇痴篱落间，故是蔷薇别种。伯宗云：折取柔枝插梅雨中，一岁便可敷花。”此以人喻花，自很隽妙。又李笠翁《闲情偶寄》中有记姊妹花一文云：“花之命名，莫善于此。一蓓七花者曰七姊妹，一蓓十花者曰十姊妹，观其浅深红白，确有兄长娣幼之分，殆杨家姊妹[1]现身乎？予极喜此花，二种并植，汇其名为十七姊妹。但怪其蔓延太甚，溢出屏外，虽日刈月除，其势犹不可遏……”比喻生动，堪为此花写照。

以杨家姊妹为喻的，更有清代词人两阕词，如董舜民《画堂春》云：

天然一色绮罗丛，妆成并倚东风。秦姨总与虢姨同，玉质烟笼。　　馥馥幽香密蕊，姗姗淡白轻红。相携竞入翠薇宫，不妒芳容。

又吴枚庵[2]《满庭芳》云：

桃雨飘脂，梨云坠粉，闲庭春事都阑。窗纱斜拓，墙角碎红攒。露重愁含秀靥，娇酣甚、不耐朝寒。珊珊态，惯双头并蕊，叶接枝骈。

昭阳台殿冷，银灯拥髻，说尽悲欢。又杨家秦虢，翠钿偷安。一样芳心浑不妒，垂珠珞、浅笑风前。双蝴蝶，花阴梦醒，飞过曲阑边。

① 即唐代杨玉环的姐姐虢国夫人和秦国夫人。
② 即吴翌凤，号枚庵。

大抵因花中姊妹而说到人中姊妹，就不知不觉地想到杨家秦虢了。

我苏州的园子里，现有深红的七姊妹三株，与浅红的十姊妹一株，而以牡丹坛上高高地等在石峰上的一株为最。据说是德国种，色作深红，一蓓七花，花型特大，这当然是一株出色的七姊妹了。记得明代杨基有咏七姊妹花一诗云：

红罗斗结同心小，七蕊参差弄春晓。
尽是东风女儿魂，蛾眉一样青螺扫。
三姊娉婷四妹娇，绿窗虚度可怜宵。
八姨秦国休相妒，肠断江东大小乔。

因姊妹花而牵引出杨家双鬟、江东二乔来，几乎浑不辨所说的是人是花了。

吴昌硕 《红蔷微映绿芭蕉》

蜀葵

于非闇 《蜀葵图》

蜀葵，花期6—8月，锦葵科蜀葵属二年生草本植物。它和锦葵、花葵同属锦葵科植物，在中国均有分布。蜀葵花朵多为红色，而锦葵和花葵的花朵则以紫色居多。

蜀葵花开一丈红

不知是怎么一回事，我家小园东部的百花坡下，今夏忽地生长出好几十株单瓣和复瓣的各色蜀葵花来，高高低低，密密层层，倒像结成了一面大锦屏一样，顿觉生色不少。就中有十多株桃红色和紫红色的，竟高至一丈以上，这就难怪浙江人要称蜀葵花为一丈红了。

蜀葵原产西蜀，别名戎葵、吴葵，又名卫足葵，因它的叶片倾向太阳，遮住了根部，所以称为卫足。叶片很大，像梧桐又像芙蓉，而花朵很像木槿。茎高五六尺至一丈外，据一本笔记上载：明代成化甲午年间，有倭人前来进贡，见栏杆前有奇花不识，问明之后，才知是蜀葵，就题了一首诗："花如木槿花相似，叶比芙蓉叶一般。五尺栏杆遮不尽，尚留一半与人看。"这就把蜀葵的花型、叶型以至花茎的高度，全部写出来了。花茎有白色和紫色的，以白色为上品。花从根部到顶部陆续开放，花期很长，从农历五月到七月，约有两个月之久。花色除白、红、紫红、粉红外，还有墨紫和茄子蓝的，较为名贵。据说如果种在肥地上，勤于灌溉和施肥，可以变出五六十种来，其实是由于风和蜂蝶的媒介，花粉杂交之故。

蜀葵易于繁殖，子落在地，第二年就会发芽生长，并且开出花来，因此园林中到处都有，并不稀罕，而历代诗文中，却给它以很高的评价。梁代王筠作《蜀葵花赋》，曾说：“迈众芳而秀出，冠杂卉而当闱。既扶疏而云蔓，亦灼烁而星微。”宋代颜延之作《蜀葵赞》，也说：“渝艳众葩，冠冕群英。”这样的说法，似乎太夸张一些。唐代诗人咏及蜀葵花的，颇有佳作，如陈陶《蜀葵咏》云：“绿衣宛地红倡倡，熏风似舞诸女郎。南邻荡子妇无赖，锦机春夜成文章。”岑参《蜀葵花歌》云：“昨日一花开，今日一花开。今日花正好，昨日花已老。始知人老不如花，可惜落花君莫扫。人生不得长少年，莫惜床头沽酒钱。请君有钱向酒家，君不见，蜀葵花？”此君大概是一个爱酒成癖的人，所以借蜀葵花的盛衰来劝人饮酒。其实花开花落，原是常事，又岂只是蜀葵如此？

种植的方法，很为简易，花谢之后，子可多收一些，在农历八九月间种在肥地上，让它过冬。到明年春初发了芽，长了茎，就将细小无力的剪去，留下粗壮的，经常浇水施肥，一过端阳，自会欣欣向荣，一株株开出无数的花来。花以千瓣五心、剪绒锯口为上，单瓣就不足贵。据说从前洛阳有九心剪棱蜀葵，自是贵种，不知现在还有种子否？折枝插瓶，可作案头清供，瓶中须用沸水灌满，再用硬纸塞口；或将花枝蘸石灰，等干燥后才插，那么满枝的花蕊全可开放，而叶片也可维持原状。

蜀葵也有经济价值，苗、根、茎、花、子，都可入药；嫩苗可当菜吃，花干放入炭墼内，可引火耐烧；取六七尺长的茎，剥去了皮，可缉布，可作绳索；取叶片研汁，用布揩抹竹纸上，等它稍干，就用石压平，这种纸称为葵笺。唐代判司许远曾制此笺分赠白乐天、元微之[①]，彼此作诗唱和。据说纸色绿而有光泽，入墨觉有精彩，可惜这种葵笺，后代早已失传了。

〔比利时〕雷杜德　《紫红锦葵》

① 即元稹，字微之。

勿忘我

〔美国〕玛丽·沃尔科特 《勿忘我》

勿忘我，花期4—5月，紫草科勿忘草属多年生草本植物，花冠一般为蓝色。其花语为永恒的爱，情侣们常将它们扎成束后赠给恋人。

勿忘我花

“勿忘我”的花名是富有诗意的，它产在西方各国，英国名字叫作“Forget-me-not”（旧时译作“毋忘侬”花），连普通的中英词典中也有这个名称。它一名琉璃草，是一种淡蓝色的小花，每一朵花有五个单瓣，并没有香味。然而它却是花中情种，男女相爱，往往把它扎成花束互相赠送，以表示双方的深恋密爱。

有这样一种传说：“勿忘我”花是白色的，丛生水边。欧洲古代有一骑士，带着他的恋人到海滨游览，乐而忘返。那恋人瞥见一丛花挺生水上，要采来插戴。骑士为了博她欢心，涉水去采。不料怒潮汹涌而来，把他卷去。他忙将那丛花用力抛到岸上，放声嚷道：“不要忘了我！”因此这种花传到后代，就叫作“勿忘我”花了。女词人陈小翠，曾赋《声声慢》一阕，从赵长卿体，专咏其事云：

问谁曾识，恨叶情根，神光如此光洁？开到高秋，不似芦花飘忽。死死生生哀怨，共江潮、夜深呜咽。向月下，悄归来化作，蛮葩幽绝。

往事渔娃能说，认凄馨几点，泪痕凝结。抱柱千年，守到相思重活。长忆一枝遥赠，拚为尔、形消影灭。肠断了，待从今忘也，怎生忘得！

末了把“勿忘我”的含意点了出来，隽妙有味。

因了这多情的勿忘我花，联想到西方另一种多情的花紫罗兰。据希腊神话说：司爱司美的女神维纳斯，因爱人远行，依依惜别，在分手时，止不住掉下泪来。泪珠儿滴在地上，第二年就发芽生枝，开出一朵朵又美又香的花来，这就是紫罗兰。曾有人咏之以诗，有“灵均底事悲香草，情种应归维纳斯”之句。

紫罗兰小花五瓣，萼突出，好像一个小袋，色作深紫，花心橙黄，有奇香，可制香水、香皂。叶圆，茎细而柔，虽是草本，而隆冬不凋，与松柏一样耐寒，并且春秋二季都会开花，西方士女把它当作恩物。四十年来，我也深爱此花，曾赋“馥馥紫罗兰”五言古诗五十首以寄意，一唱三叹，情见乎词，可知我爱好之深了。

〔德国〕里昂·莱因哈特　《紫罗兰》

白兰

〔比利时〕雷杜德 《玉兰》

白兰，花期4—9月，多在夏季盛开，木兰科含笑属常绿乔木。人们常常把白兰和白玉兰混淆。白兰树高可达十七八米，而白玉兰即白色的玉兰花，玉兰树一般高两三米。此外，白兰的花型较小较纤细，而白玉兰的花型较大较为饱满；白兰有一股清香，而白玉兰则基本没有气味。

扬芬吐馥白兰花

从小女儿的衣襟上闻到了一阵阵的白兰花香，勾起了我一个甜津津的回忆。那时是1959年的初夏，我访问了珠江畔的一颗明珠——广州市。在所住友谊宾馆附近的农林路上，瞧见两旁种着的行道树都是白兰花，不觉欢喜赞叹。后来又在中山纪念堂前，看到两株二人合抱的老干白兰花树，更诧为前所未见。可惜我来得太早了，树上虽已缀满了花蕾，但还没有开放。料想到了盛开的时候，千百朵好花吐馥扬芬，这儿真成为一片香世界哩。

白兰花是南国之花，所以广东、广西、福建、云南等地，都是它的家乡，而它最初的出生之地，据说是在马来半岛一带，经过引种培育，它的子子孙孙就分布到我国来了。南方四时皆春，尽可作为地植，且易于长成大树，绿叶扶疏，终年不凋。不像苏沪一带，只能种在盆子里，娇生惯养，见不得冰霜，入冬就得躲在温室里，不敢露面了。

白兰花是一种属于木兰科的常绿亚乔木，木质又细又松，表皮作白色。叶大如掌，作椭圆形，长达五六寸。到了五六月里，叶腋间就抽出花蕾，嫩绿色的苞，有如一只只翡翠簪头，玲珑可爱。到得花蕾长大，苞就脱落而开出洁白的花朵来了。每一朵花约有十一二瓣，瓣狭长，作披针形，长一寸左右；花心作绿色，散发出蕙兰一般的芳香，香味还比蕙兰浓一些。但还有比这香更浓的，那就是白兰花的姊妹行——黄兰花。它穿着一身鹅黄色的衫子，打扮得很漂亮，和白兰合在一起，只觉得别有风韵。黄兰的树干和叶形、花型，跟白兰没有什么分别。可是它种子不多，分布面不广，物以稀为贵，就抬高了它的身价。

苏州虎丘山的花农，很早就在培植白兰花了。它们跟玳玳、茉莉、芝兰等共同生活，成为形影不离的好朋友。这些花都是怕寒的，入冬同处温室，真是意气相投。过去在白兰花怒放的季节，花农们除了把大部分卖给茶叶店作窨茶之用外，小部分总是叫女孩子们盛在竹篮里入市叫卖。那时的卖花女，都过着艰苦的生活，借白兰花来博取一些蝇头之利，那卖花声中是含着眼泪的。

〔清〕郎世宁　《海棠与玉兰》

栀子花

〔明〕沈周　《卧游图册·栀子花》

栀子花，花期5—7月，茜草科栀子属常绿灌木。佛经中有一种花，名“薝卜”，色黄，香浓，树身高大。有人认为此即栀子花，故又称栀子花为“禅客”。不过也有人认为薝卜是郁金香或黄玉兰。栀子花的花语是喜悦、永恒的爱和一生的守候。有人将栀子花与红玫瑰、月季等搭配，布置在婚礼现场。

栀子花开白如银

栀子花是一种平凡的花，也是群众所喜爱的花。我在童年时听得劳动人民唱山歌，就有“栀子花开白如银”的句子。当石榴红酣的时节，那白如银的栀子花也凑起热闹来，双方并列一起，真显得娇红妍白。

栀子，有木丹、越桃、鲜支几个别名。据李时珍说，卮是酒器，和栀子的模样很相像，因以为名。栀子是常绿灌木，小的高不过一二尺，可以栽在盆里；地植的，高度可达丈余。叶片厚实，有光，作椭圆形，终年常绿，老叶萎黄时，新叶已发。花白六出，野生的只有六瓣。有一种花朵较大的荷花栀子，每重六瓣，多至三重，共十八瓣，最为可爱。花香很浓郁，宜远闻，不宜近嗅，因花瓣上常有不少细小的黑虫，易入鼻窍。野生的叫作山栀子，花后结实。果实初作青色，熟后变黄，中仁作深红色，可作染料，也可入药。福建和安徽都有矮种的栀子，高度不满一尺，花小叶小，我们称之为丁香栀子，可充盆景之用。

从前四川有红栀子，初冬开花，色香也与一般栀子不同。据古书上载：“蜀主孟昶，十月宴芳林园，赏红栀子花，其花六出而红，清香如梅。”又云：“蜀主甚爱重之，或令图写于团扇，或绣入于衣服，或以绢素鹅毛做作首饰，谓之红栀子花。”不知四川现在是否还有这个种子，如果有的话，真是珍品了。

栀子总是栽在盆里的居多，地植而成林的，可以说是绝无仅有；而四川铜梁园东北六十里的白上坪地方所种栀子，多至万株，望如积雪，香闻十里。

栀子花的文献，始自齐梁，历史很为悠久，后来杜甫、朱熹都有题咏。汉代司马相如作《上林赋》，有“鲜支黄砾”句，鲜支就是指栀子。而我最爱宋代女词人朱淑贞的一诗：“一根曾寄小峰峦，薝卜香清水影寒。玉质自然无暑意，更宜移就月中看。”

我家有好几盆栀子花盆景，有单瓣六出的山栀子，树干苍老可喜；也有双株合栽的荷花栀子，今夏着花无数，一白如银，供在爱莲堂中，香达户外。梅雨期间，摘取嫩枝，扦插在肥土里，第二年就可开花。

清芬六出水栀子

清芬六出水栀子。

这是宋代陆放翁咏栀子花的诗句，因为栀子六瓣，而且是可以养在水中的。栀与卮通，卮是酒器，只因花形像卮之故，古时称为卮子，现在却统称栀子了。栀子有木丹、越桃、鲜支等别名。南朝宋谢灵运称之为林兰，其所作《山居赋》中，曾有“林兰近雪而扬猗”之句，据说是一种花叶较大的栀子。佛经中又称之为薝卜，相传它的种子是从天竺来的。明代陈淳句云：“薝卜含妙香，来自天竺国。”因它来自佛地，与佛有缘，所以有人称它为禅客，为禅友。如宋代王十朋诗云：

禅友何时到，远从毗舍园。
妙香通鼻观，应悟佛根源。

栀子以盆植为多，高不过一二尺；而山栀子长在山野中，可高至七八尺。叶片很厚，色作深绿而有光泽，形如兔子的耳朵。六月开花，初白后黄，花都是六瓣，有复瓣，有单瓣，山栀子就是单瓣的。花香浓郁，却还可爱，古人甚至歌颂它可以代替焚香。如宋代蒋梅边诗云：

清净法身如雪莹，肯来林下现孤芳。
对花六月无炎暑，省爇铜匜几炷香。

我在抗日战争以前，曾从山中觅得老干的山栀，硕大无朋，苍古可喜，入夏着花累累，一白如雪。苏州沦陷后，我避寇他乡，想起了这一株老干的山栀，咏之以诗，曾有“堪怜劫里耽禅定，入梦犹闻薝卜香”之句；到得胜利后回到故园，却已枯死，为之惋惜不止！后于农历四月十四日所谓吕纯阳生辰的花市中，买得小型的山栀两株，都是老干，一作欹斜态，一作悬崖形，苦心培养了一年，先后着花，单瓣六出，瓣瓣整齐，好像是图案画一样。近又得干粗如酒杯的复瓣栀子两株，姿态一正一斜，合种在一只紫砂的椭圆形浅盆中，加以剪裁与扎缚，楚楚有致。自端阳节起，陆续开花，花瓣重重，花型特大，这大概就是谢灵运所称的林兰了。

栀子花总是白色的，而古代却有红色的栀子花，并且在深秋开放的是异种。据古籍载：蜀孟昶十月宴芳林园，赏红栀子花，其花六出而红，清香如梅。蜀主很爱重它，或令图写于团扇，或绣在衣服上，或用绢素鹅毛仿制首饰。花落结实，用以染素，成赭红色，妍丽异常。可是自蜀以后，就没听得有红栀子花了。

栀子入诗，齐、梁即已有之。其后如宋代女诗词家朱淑贞诗云：

一根曾寄小峰峦，薝卜香清水影寒。
玉质自然无暑意，更宜移就月中看。

明代大画家兼诗人沈石田[①]诗云：

①即沈周，号石田。

雪魄冰花凉气清，曲阑深处艳精神。

一钩新月风牵影，暗送娇香入画庭。

词如宋代吴文英《清平乐》咏栀子画扇云：

柔柯剪翠，蝴蝶双飞起。谁堕玉钿花径里？香带熏风临水。　　露红滴下秋枝，金泥不染禅衣。结得同心成了，任教春去多时。

又清代陈其年《二十字令》咏团扇上栀子花云：

纨扇上，谁添栀子花？搓酥滴粉做成他。凝蝉纱。天斜。

栀了花在近代被人贱视，以为是花中卜品，而这些诗词，却是足以抬高它的身价的。

〔宋〕钱选　《来禽栀子图》

茉莉

〔宋〕赵昌　《茉莉花图》

茉莉花，花期5—8月，木樨科素馨属直立或攀缘灌木。茉莉是菲律宾的国花。宋人张敏叔戏称十二种花为十二客，其中茉莉为远客，即远方的来客。此外，茉莉还有柰花、小南强、萼绿君等别名。茉莉花素洁高雅，香味馥郁，很适合作为互赠的礼物。

茉莉花开香满枝

茉莉原出波斯国，移植南海、闽粤一带独多。因系西来之种，名取译音，并无正字，梵语称末利，此外又有没利、抹厉、末丽、抹丽诸称，都是大同小异。花有草本、木本之分，茎弱而枝繁，叶圆而带尖，很像茶叶。夏秋之间开小白花，一花十余瓣，作清香，很为可爱。有复瓣更多的称宝珠小荷花，出蜀中，最名贵。据说别有红茉莉，色艳而无香，作浅红色，称朱茉莉。雷州、琼州有绿茉莉与黄茉莉，我们从未见过。

佛书中称茉莉为鬘华，因为过去它往往是给妇女们装饰髻鬘的。苏东坡谪儋耳时，见黎族女子头上竞簪茉莉，因拈笔戏书几间，有“暗麝着人簪茉莉”之句。关于茉莉簪鬓的事，诗人词客都曾咏及。如明代皇甫汸云：

萼密聊承叶，藤轻易绕枝。
素华堪饰鬘，争趁晚妆时。

宋代许棐云：

荔枝乡里玲珑雪，来助长安一夏凉。
情味于人最浓处，梦回犹觉鬓边香。

清代王士禄云：

冰雪为容玉作胎，柔情合傍琐窗隈。

香从清梦回时觉，花向美人头上开。

徐灼云：

酒阑娇惰抱琵琶，茉莉新堆两鬓鸦。

消受香风在凉夜，枕边俱是助情花。

恽格云：

醉里频呼龙井茶，黄星靥乱鬓边鸦。

移灯笑换葡萄锦，倚枕斜簪茉莉花。

词如徐釚《清平乐》云：

清芬飘荡，偏与黄昏傍。浴罢玉奴心荡漾，小缀乌云鬓上。　定瓷渍水初开，春纤朵朵分来。半晌双鬟撩乱，不教贴上银钗。

王夔清《减兰》（《减字木兰花》）云：

> 芳心点点，细朵惺忪娇素艳。碎月筛廊，凉约烟鬟称晚妆。　玲珑小玉，窄袖轻衫初试浴。香已销魂，况在秋罗扇底闻。

看了这些诗词，便知茉莉与女子鬟发似乎是分不开的。

把茉莉花蒸熟，取其液，可以代替蔷薇露；也可作面脂，泽发润肌，香留不去。吾家常取茉莉花去蒂，浸横泾白酒中，和以细砂白糖，一个月后取饮，清芬沁脾。至于用茉莉花窨茶叶，更是司空见惯的事。北方人爱好的香片，就是茉莉窨成的。近年来苏州花农争种茉莉，夏花秋花，先后可开三四次，而灌水、施肥、摘花等工作都在烈日炎炎下施行，实在是非常辛苦的。听说茉莉所窨的茶叶，不但广销于北方，并且运销国外，换回工业建设所需要的机械。这些小小花朵，竟然也负着如此重大的使命，真可流芳百世了。

茉莉除了簪鬟外，也有用铅丝拴成球，挂在衣纽上；或盛在麦柴精编的小花囊中，佩在身上；更有特别加工，扎成了精巧玲珑的花篮，挂在床帐中的。因为它的阵阵清香，实是太可人意了。

荷

〔明〕陈洪绶 《荷花鸳鸯图》

荷花，又称莲花，花期6—9月，睡莲科莲属水生草本植物。荷花是我国的十大名花之一，有很多城市把荷花作为自己的市花。荷花也是印度和越南的国花。

荷花的生日

人有生日，是当然的；不道花也有生日，真是奇闻！农历二月十二日，俗传是百花生日；而荷花却又有它自己的生日，据说是农历六月二十四日。在清朝时，每逢此日，画船箫鼓，纷纷集合于苏州葑门外二里许的荷花荡，给荷花上寿。夏季多雷雨，游人往往被淋得像落汤鸡一般，甚至赤脚而归，因此俗有“赤脚荷花荡”之谣，足见其狼狈相了。

其实所谓荷花生日，并无根据。据旧籍中说，这一天是观莲节。昔唐代晁采与其夫，各以莲子互相馈送。曾有人扶乩叩问，晁降坛赋诗云：

酒坛花气满吟笺，瓜果纷罗翰墨筵。
闻说芙蕖初度日，不知降种自何年？

连这无稽的神话，也以荷花生日为无稽，而加以讽刺了。

不管是不是荷花的生日，按苏州旧俗，红男绿女总得挑上这一天去逛荷花荡，酒食征逐，热闹一番，再买些荷花或莲蓬回去。见之诗词的，如邵长蘅《冶游》云：

六月荷花荡，轻桡泛兰塘。

花娇映红玉，语笑熏风香。

舒铁云《六月二十四日荷花荡泛舟作》云：

吴门桥外荡轻舻，流管清丝泛玉凫。
应是花神避生日，万人如海一花无。

高高兴兴地趁热闹去看荷花，而偏偏不见一花，真是大煞风景，那只得以花神避寿解嘲了。词如沈朝初《望江南》云：

苏州好，廿四赏荷花。黄石彩桥停画鹢，水晶冰窨劈西瓜。痛饮对流霞。

张远《南歌子》云：

六月今将尽，荷花分外清。说将故事与郎听。道是荷花生日，要行行。　　粉腻乌云浸，珠匀细葛轻。手遮西日听弹筝。买得残花归去，笑盈盈。

清代大画家罗两峰[1]的姬人方婉仪，号白莲居士，能画梅竹兰

① 即罗聘，号两峰。

石，两峰称其有出尘之想。方六月二十四日生，因有《生日偶作》诗云：

冰簟疏帘小阁明，池边风景最关情。
淤泥不染清清水，我与荷花同日生。

诗人好事，又有作荷花生日词的。如计光炘一绝云：

翠盖亭亭好护持，一枝艳影照清漪。
鸳鸯家在烟波里，曾见田田最小时。

徐阆斋[①]两绝云：

荷花风前暑气收，荷花荡口碧波流。
荷花今日是生日，郎与妾船开并头。

金坛段郎官长清，临风清唱不胜情。
怪郎面似荷花好，郎是荷花生日生。

荷花生日虽说无稽，然而比了什么神仙的生日还是风雅得多。

① 即徐嵩。

以我作为《爱莲说》作者周濂溪先生[1]的后代来说，倒也是并不反对这个生日的。

莲

宋代周濂溪作《爱莲说》，对于出淤泥而不染的莲花，给予最高的评价，自是莲花知己。所以后人推定一年十二个月的花神，就推濂溪先生为六月莲花之神。我生平淡泊自甘，从不作攀龙附凤之想，而对于花木事，却乐于攀附。只因生来姓的是周，而世世相传的堂名，恰好又是“爱莲”二字，因此对这君子之花却要攀附一下，称之为“吾家花”。

莲花的别名最多，曰芙蕖、曰芙蓉、曰水芝、曰藕花、曰水芸、曰水旦、曰水华、曰泽芝、曰玉环，而最普通的是荷花。现在大家通称莲花或荷花，而不及其他了。莲花的种类也特别多，有并头莲、四面莲、一品莲、千叶莲、重台莲等，还有其他光怪陆离的异种，早就绝无而仅有，无法罗致了。

正仪镇附近有一个古莲池，至今还开着天竺种的千叶莲花。据叶遐庵[2]前辈考证，这些莲花还是元代名流顾阿瑛所手植的，因此会同几位好古之士，在池旁盖了几间屋子，雇人守护这座莲池。抗日战争前，我曾往观光，看到了一朵娇红的千叶莲花，油然而

① 即周敦颐，因曾居庐山濂溪边而被世人称为濂溪先生。
② 即近现代人叶恭绰，号遐庵。

生思古之情，回来作了一首诗，有“莲花千叶香如旧，苦忆当年顾阿瑛”之句。

这些年来，听说池中莲仍然无恙。据闻，顾阿瑛下种时，都用石板压住，后来莲花就从石缝中挺生出来，人家要去掘取，也不容易，所以几百年来，这千叶莲花还是“只此一家，并无分出”。直到近三年间，苏州市园林管理处才去引种过来，种在拙政园远香堂外池塘中，于是就在苏州安家落户了。吾园邻近的倪氏金鱼园中，有一个小方塘，也种着千叶莲花，与正仪的不同，不知是哪里得来的种子。每年开花时，总得采几朵来给我作瓶供，花作桃红色，很为鲜艳，花型特大，花瓣多得数不清。花工张锦前去挖了几株藕来，安放在两个缸中，于是我就也有两缸千叶莲花可作清供了。后来园林管理处便向倪氏买下了他全塘的种藕，移种在狮子林的莲塘中，以供群众观赏。这相比关在那金鱼园中孤芳自赏，实在有意义得多。

凡是美的花，谁都愿它留在枝头，自开自落，而莲却可采。古今来的诗人词客，多有加以咏叹的。就是古乐府中也有《采莲曲》，是梁武帝所作，曲和云“采莲渚，窈窕舞佳人”，因此就以采莲名其曲。又《乐府集》载：

羊侃性豪侈，善音律。有舞人张静婉者，容色绝世，时人咸推其能为掌上舞。侃尝自造《采莲棹歌》两曲，甚为新致，乐府谓之《张静婉采莲曲》。

至于唐代的几位大诗人，几乎每人都有一首采莲曲，真是美不胜收。现在且将清代诗人的两首古诗录在这里。如马铨四言古云：

南湖之南，东津之东。摇摇桂楫，采采芙蓉。左右流水，真香满空。眷此良夜，月华露浓。秋红老矣，零落从风。美人玉面，隔岁如逢。褰裳欲涉，不知所终。

徐倬七言古云：

溪女盈盈朝浣纱，单衫玉腕荡舟斜，含情含怨折荷花。折荷花，遗所思，望不来，吹参差。

词如毛大可[①]《点绛唇》云：

南浦风微，画桡已到深深处。蘋花遮住。不许穿花去。　隔藕丛丛，似有人言语。难寻溯。乱红无主。一望斜阳暮。

① 即毛奇龄，字大可。

王锡振《浣溪沙》云：

隔浦闻歌记采莲。采莲花好阿谁边？乱红遥指白鸥前。　日暮暂回金勒辔，柳阴闲系木兰船。被风吹去宿花间。

吴锡麒《虞美人》云：

寻莲觅藕风波里，本是同根蒂。因缘只赖一线牵，但愿郎心如藕、妾如莲。　带头绾个成双结，莫与闲鸥说。将家来住水云乡，为道买邻难得、遇鸳鸯。

孙汝兰《百尺楼》云：

郎去采莲花，侬去收莲子。莲子同心共一房，侬可知莲子？　侬去采莲花，郎去收莲子。莲子同房各一心，郎莫如莲子！

这几首诗词都雅韵欲流，行墨间似乎带着莲花香。

某一年农历六月二十四日，就是所谓莲花的生日，曾与老友程小青、陶冷月二兄雇了一艘船，同往黄天荡观莲。虽没有深入荡中，却也看到了不少亭亭玉立的白莲花，瞧上去不染纤尘，一白如雪，煞是可爱！关于白莲花的故事，有足供谈助的，如唐代开元天宝间，太液池千叶白莲开，唐明皇与杨贵妃同去观赏，皇指妃对左右说："何如此解语花？"他的意思，就是以为白莲不解语，不如他的爱人了。又元和中，苏昌远居吴下，遇一女郎，素衣红脸，他把一个玉环赠予她。有一天见槛前白莲花开，花蕊中有一物，却就是他的玉环，于是忙将这白莲花折断了。这一段故事，简直把白莲瞧作花妖，当然是不可凭信的。

昔人赞美白莲花的诗，我最爱唐代陆龟蒙七言绝句云：

素花多蒙别艳欺，此花真合在瑶池。
还应有恨无人觉，月晓风清欲堕时。

清代徐灼七言绝句云：

凉云簇簇水泠泠，一段幽香唤未醒。
忽忆花间人拜月，素妆娇倚水晶屏。

又清末革命先烈秋瑾七律云：

莫是仙娥坠玉珰，宵来幻出水云乡。

朦胧池畔讶堆雪，淡泊风前有异香。

国色由来夸素面，佳人原不借浓妆。

东皇为恐红尘涴，亲赐寒潢明月裳。

这四首诗，可算是赞美白莲花的代表作。

苏州公园去吾家不远，园中有两个莲塘，一大一小，种的都是红莲花，鲜艳可爱。入夏我常去观赏，瞧着那一丛丛的翠盖红裳，流连忘返。至于吾家梅丘下的莲塘中，虽有白色、浅红色两种，每年开了好几十朵，不过占地太小，同时也只开二三朵，不足以餍馋眼。乡前辈潘季儒先生擅种缸莲，有层台、洒金、镶边玉钵盂、绿荷、粉千叶等名种，叹为观止。前几年分根见赐，喜不自胜，年年都是开得好好的。

老友卢彬士先生是吴中培植碗莲的唯一能手，能在小小一个碗里，开出一朵朵红莲花来。每年开花时节，往往以一碗相赠，作爱莲堂案头清供。据说这种子就是层台的小种，是从安徽一个和尚那里得来的。可惜室内不能供得太久，怕别的菡萏开不出来，供了半小时，就要急急地移出去了。

〔清〕谢荪　　《荷花图》

〔清〕石涛 《荷花紫薇图》

莲花世界

《华严经》中曾有“莲花世界”之说，农历六七月间，几乎到处都可以看到莲花，每一个园林，红红白白，烂烂漫漫，真的是一片莲花世界。

花花草草，形形色色，一方面要有观赏的价值，一方面也要有实用的价值。花草中兼备观赏价值和实用价值，而且价值最高的，只有莲花当之无愧。说到莲花的实用，花瓣、花须、花房、叶、叶梗、藕、藕节、莲子等，或供食用，或供药用，简直没有一种是废物。莲花莲花，实在太可爱了。

莲花属睡莲科的莲属，是多年生宿根草本。原产印度，早就在我国落了户，子孙繁衍，已有千余年的历史。它本名蔤，又有芰荷、芙蕖、菡萏、芙蓉、泽芝、水芝、水华等好几个别名，而以莲与荷为通称。旧时莲花的种类很多，有香莲、夜舒莲、衣钵莲、锦边莲、十丈莲、藕合莲、碧台莲等二十余种，现在大半断种，或已换了名称。我家现有层台、佛座、洒金、绿荷、粉千叶、四面观音等几种，已算是稀有的了。至于红十八、白十八，那是种在池子里的普通种，是不足为奇的。

莲花都是生在浅水中的，它的根就是藕，埋在肥土中生长，一年可繁殖好多节，每节形圆而扁，内有很多空洞；节间生出根茎，抽出叶片，叶形略圆，由小而大，好像一柄柄小伞撑在水面。

到了农历六七月里，有的藕节间就挺生出花梗来，开花高出叶上，普通是单瓣，但也有十七八瓣的，有粉红、纯白、桃红等色，朝开夜合，可以持续三天之久。花有清香，闻之意远。花谢后就结成莲蓬，内有子十余颗，可生啖，也可熟食，这就是莲子。

细种的莲花，我们大都是种在缸里的。每年清明节前几天，总得翻种一下，将枯死的老藕去除，把多余的分出来另种，一缸可分作二三缸。缸底先铺野苜蓿或其他野草，上盖田泥一层，然后再加河泥，将藕匀称地种下去，必须留意新芽，不可触损；并须使其上仰，以便日后挺出水面，发叶生花。种妥之后，须经阳光充分曝晒，晒得泥土龟裂，然后施以人粪尿，次日加水。一个月后，更在泥中放下小鱼几尾，作为肥料的生力军，有促使生花的效能。这是我种莲花的经验，何妨一试。

昆山邻近的正仪镇上，有一个古莲池，种着天竺种的千叶莲花，非常名贵，据说是元代高士顾阿瑛手植。抗日战争以前，曾有好古之士把这莲池修了一下，还盖了几间屋子，楚楚可观。有一年莲花时节，我特地前去观赏，果然是不同凡艳，就赋诗赞美，曾有“莲花千叶香如旧，苦忆当年顾阿瑛”之句。去年我曾向苏州市园林管理处建议，到正仪去要了许多藕来，种在远香堂前的莲塘里。当年就开了不少的花，每一朵花有六七个心至十二三个心，每个心的花瓣，多至一千三四百瓣。只因花头太重，容易垂倒，最好有竹子支撑，才可挺直。今年繁殖更多，这几天正在欣欣向荣，红裳翠盖，美不可言，实在是不厌百回看的。

观莲拙政园

也许是因为我家祖祖辈辈传下来的堂名是爱莲堂的缘故，因此对于我家老祖宗《爱莲说》作者周濂溪先生所歌颂的莲花，自有一种特殊的好感。倒并不是为它出淤泥而不染，是花中君子，实在是爱它的高花大叶，香远益清，在众香国里，真可说是独擅胜场。年年农历六月二十四日，旧时相传为莲花生日，又称观莲节，我那小园子里的池莲、缸莲都开好了，可我看了还觉得不过瘾，总要赶到拙政园去观赏莲花，也算是欢度观莲节哩。

可不是吗？拙政园的水面，占全园面积的五分之三，池水沦涟，正可作为莲花之家。何况中部的堂啊，亭啊，轩啊，都是配合着莲花而命名的，因此拙政园实在是一个观莲的好去处。例如远香堂、荷风四面亭、倚玉轩，还有那船舫形的小轩香洲，以及西部的留听阁，都是与莲花有连带关系而可以给你坐在那里观赏的。

我们虽为观莲而来，但是好景当前，不会熟视无睹，也总要欣赏一下。况且这个园子已被列为第一批全国重点文物保护单位之一，真该刮目相看。怎么叫作“拙政”呢？原来明代嘉靖年间，御史王献臣因不满于权贵弄权，弃官归隐，用这里大宏寺的一部分基地造了一个别墅，取名拙政园。王死后，他的儿子爱好赌博，就在一夜之间把这园子输掉了。到了公元1860年，太平天国忠王李秀成攻下苏州时，就园子的一部分建立忠王府，作为发号施令的所在。

从东部新辟的大门进去，迎面就看到新叠的湖石，分列三面，傍石植树，点缀得楚楚可观，略有倪云林画意。进园又见奇峰几座，好像是案头大石供。这里原是明代侍郎王心一归田园遗址，有些峰石还是当年遗物。这东部是近年来所布置的，有土山密植苍松，浓翠欲滴。此外有亭有榭，有溪有桥，有广厅作品茗就餐之所。从曲径通到曲廊，在拱桥附近的水面上，先望见一小片莲叶莲花，给我们尝鼎一脔。这是最近新种的，料知一二年后，就可蔓延开去了。从曲廊向西行进，就是中部的起点，这一带有海棠春坞、玲珑馆、枇杷院诸胜，仲春有海棠可看，初夏有枇杷可赏，一步步渐入佳境。走过了那盖着绣绮亭的小丘，就到达远香堂，顾名思义，不由得想起那《爱莲说》中的名句“香远益清，亭亭净植”八个字来，知道堂名就由此而得，这就是给我们观莲的好地方了。

远香堂面对着一座挺大的黄石假山，山下一泓池水，有锦鳞往来游泳。堂外三面通廊，堂后有宽广的平台，台下就是一大片莲塘，种着天竺种千叶莲花，这是两年以前好不容易从昆山正仪镇引种过来的。原来正仪镇上有个顾园，是元代名士顾阿瑛“玉山佳处”的遗址。在东亭子旁，有一个莲池，池中全是千叶莲花，据说还是顾阿瑛手植的，到现在已有六百多年，珍种犹存，年年开花不绝。拙政园莲塘中自从把原种藕秧种下以后，当年就开了花，真是色香双绝，不同凡卉。第二年花花叶叶，更为繁盛，翠盖红裳，几乎把整个莲塘都遮满了。并蒂莲到处都是，并且一花中有四五心、七八心，甚至十三个心的，花瓣多至一千四百余瓣。只为负担太重了，花头往往低垂着，使人不易窥见花心，因此苏州培养碗莲的专家卢彬士老先生所作长歌中，曾有“看花不易窥全面，三千莲媛总低头”之句，表示遗憾。其实我们只要走到水边，凑近去细看，还是可以看到那捧心西子态的。今夏花和叶虽觉少了一些，而水面却暴露了出来，让我们欣赏那水中花影，仿佛姹娅欲笑哩。

远香堂西邻的倚玉轩，与船舫形的香洲遥遥相对，北面的斜坡上还有一个荷风四面亭，三者位在三个角度上，恰恰形成鼎足之势，而三处都可观莲，因为都是面临莲塘的。香洲贴近水边，可以近观；倚玉轩隔一条花街，可以远观；而荷风四面亭翼然高处，可以俯观。好在莲花解意，婉娈可人，不论你走到哪一面，都可以让你尽情观赏。穿过了曲桥，从假山上拾级而登，就见一座楼，叫作见山楼，凭北窗可以看山，凭南窗可以观莲，并且也可以远观远香堂后的千叶莲花。

走进别有洞天，就到了园的西部，沿着起伏的曲廊向西行进，就看到一座美轮美奂的花厅，分作两半。一半是十八曼陀罗花馆，庭中旧时种有山茶十八株，而曼陀罗就是山茶的别号，因以为名。另一半是三十六鸳鸯馆，前临池沼，养着文羽鲜艳的鸳鸯，成双成对地在那里戏水，悠然自得。池中种着白莲，让鸳鸯拍浮其间，构成了一个美妙的画面，正如宋代欧阳修咏莲词所谓“叶有清风花有露，叶笼花罩鸳鸯侣”。真是相得益彰，大可供人观赏、供人吟味。

向西出了三十六鸳鸯馆，向北走过一条小桥，就到了留听阁，窗户挂落，都是精雕细刻，剔透玲珑。我们细细体味阁名，原来是从那句“留得残荷听雨声”的古诗句上得来的。这个阁坐落在西部尽头处，去莲塘不远，到了秋雨秋风的时节，坐在这里小憩一会，自可听到残荷上淅淅沥沥的雨声。

〔清〕吴振武　《荷花鸳鸯图》

紫薇

〔法国〕圣伊莱尔　《欧洲紫荆》

紫薇，花期6—9月，千屈菜科紫薇属落叶灌木。紫薇和紫荆名字相似，形状也有些相似。紫薇叶呈椭圆形或倒卵形，圆锥状花序顶生；紫荆叶呈近圆形或三角状圆形，花簇生于老枝和主干上。此外，有人常将紫薇花与紫微星（象征皇宫）混淆，言紫薇花有贵气，纯属无稽之谈。薇与微在古时虽同音互通，但紫薇花和紫微星是两码事。

紫薇长放半年花

似痴如醉弱还佳，露压风欺分外斜。

谁道花无红百日，紫薇长放半年花。

这是宋代杨万里咏紫薇花的诗。因它从农历五月间开始着花，持续到九月，约有半年之久，所以它又有一个百日红的别名。

紫薇是落叶亚乔木，高一二丈，也有达三四丈的。树干光滑无皮，北方人称之为猴刺脱树，就是说猴子也爬不上。要是用指爪去搔树身，树叶会微微颤动，好像有感觉而怕痒似的，所以它又有怕痒树之称。叶片对生，绿色而有光泽。每一枝着花数颖，每一颖开花七八朵或十余朵不等。花未放时，苞如青豆，花瓣的构造很特别，多皱襞，每朵好似一个小小的轮子，作紫色。另有红白二色，称红薇、白薇，又有紫中带浅蓝色的，名翠薇，不常见。

《广群芳谱》对紫薇评价很高，说它："一枝数颖，一颖数花，每微风至，夭矫颤动，舞燕惊鸿，未足为喻。唐时省中多植此花，取其耐久，且烂漫可爱也。"唐开元元年，改中书省为紫薇省，中书令为紫薇令，就为了省中都种有紫薇花之故。于是诗人们又得了诗料，往往把花与官结合起来，如白乐天云：

丝纶阁下文章静，钟鼓楼中刻漏长。

独坐黄昏谁是伴，紫薇花对紫薇郎。

杨万里云：

晴霞艳艳覆檐牙，绛雪霏霏点砌沙。

莫管身非香案吏，也移床对紫薇花。

陆放翁云：

钟鼓楼前官样花，谁令流落到天涯？

少年妄想今除尽，但爱清樽浸晚霞。

“官样花”三字含有讽刺之意，紫薇不幸，竟戴上了个官的头衔，就觉得它俗而不韵了。

紫薇花因为常被人把它和官牵扯在一起，所以好诗好词绝少，我只爱宋代程俱五古一首：

晚花如寒女，不识时世妆。幽然草间秀，红紫相低昂。荣木事已休，重阴网深苍。尚有紫薇花，亭亭表秋芳。扶疏缀繁柔，无复粉艳光。空庭一飘委，已觉巾裾凉。手中蒲葵箑，虽复未可忘。仰视白日永，凄其感冰霜。

清代陈其年《定风波》词云：

　　一树曈昽照画梁，莲衣相映斗红妆。才试麻姑纤鸟爪，袅袅。无风娇影自轻扬。　　谁凭玉阑干细语，尔汝。檀郎原是紫薇郎。闻道花红无百日，难得。笑他团扇怕秋凉。

上半阕还不差，而下半阕来了个紫薇郎，就感得减色，不如程诗之通体不着一个官字来得好了。

唐代大诗人杜牧之曾作中书省舍人，因此被称为紫薇舍人、杜紫薇。他曾有紫薇花诗一绝：

晓迎秋露一枝新，不占园中最上春。
桃李无言又何在，向风偏笑艳阳人。

做紫薇郎而诗中一字不提，自不失为好诗。

紫薇花有大年，有小年。逢大年时，我家地植的一株红薇、一株白薇和七八个老本盆景，都烂漫着花，如开画屏，朝夕观赏，眼福不浅。盆景中有红薇一株，枯干作船形，虬枝四张，满开着红花，古媚可爱。我把一个小型的达摩立像放在干上，取达摩渡江之意，别饶奇趣。又有紫薇大本一株，枯干好似顽石，上生青苔，如画师用大青绿设色，更多画意；着花数百朵，全作紫色，真是道地的紫薇了。

建兰

〔清〕郎世宁　《花鸟图册·兰花》

建兰，兰花的一种，花期6—10月，兰科兰属地生植物。兰花有春兰、蕙兰、建兰、墨兰、寒兰等种类，它们除了花期不同外（春兰、蕙兰盛开于春季，建兰盛开于夏秋时，墨兰、寒兰则盛开于秋冬时），在花型、花色上也有所区别。

秋兰送满一堂香

八月中旬，正是我家那几盆建兰的全盛时期，每一盆中，开放了十多茎以至二十多茎芬芳馥郁的好花，陈列在爱莲堂长窗外的廊下，香满了一廊，也香满了一堂，因了好风的吹送，竟又香满了一庭。

建兰产于福建，因名建兰，农历六七月间开花。花心作紫红色的，是普通种；花心作白色的，称为素心，比较名贵。每一茎着花六七朵或八九朵，而龙岩素心兰竟有每茎着花十七八朵的，因有“十八学士”的名称。那是建兰中的魁首了。建兰叶阔而长，纷披四散，好像一条条绿罗带。

凡是兰蕙，都在春天开花，只有建兰开花于夏秋之交，古人诗文中的秋兰，大概就是指建兰吧？例如屈原《离骚》中的“纫秋兰以为佩”，《九歌》中的“秋兰兮蘼芜，罗生兮堂下，绿叶兮素枝，芳菲菲兮袭予”。又如汉代张衡的《怨篇》：“猗猗秋兰，植彼中阿。有馥其芳，有黄其葩。虽曰幽深，厥美弥嘉。之子云远，我劳如何？”此外唐、宋、元、明的诗人词客，也有不少咏及秋兰的。至于专以建兰为题的，我却只见明代大书画家文徵明的一首律诗，有“灵根珍重自瓯东，绀碧吹香玉两丛。和露纫为湘水佩，凌风如到蕊珠宫”等句，然而对于建兰的产地和开花的时期等，还是说得不够明确。

建兰的好处，就是比较容易伺候，它不像春兰那么娇贵。单单为了看春兰一两朵花，却要费却不少的人力物力，真像千金买笑一样。每一盆建兰，如果培养得当，自夏入秋，可以陆续开花，多至二三十茎，香生不断，使人饱享鼻福，而看着花花叶叶，眼福也正不浅。别有一种叶较短而花较小，花心作白色的，叫作秋素，开花较迟，恰好给建兰接班，每茎开花六七朵，娇小玲珑，可以比作《桃花扇》里诨号“香扇坠”的李香君。

据说建兰的根是肥而甜的，因此引起了蚁的觊觎，成群结队而来，在根部的土壤中开辟殖民地，根就大受其害，甚至奄奄欲绝。要防止这个可恶的侵略者，必须在盆底垫上一个大水盆，使蚁群望洋兴叹，没法飞渡，那么虽欲染指而不可得了。

〔明〕项圣谟 《花卉十开·兰花》

木槿

〔比利时〕雷杜德 《木槿》

木槿，花期7—10月，锦葵科木槿属落叶灌木。木槿花是韩国和马来西亚的国花。木槿花又名蕣、朝开暮落花（取其花朝开暮落之意，随之又衍生出朝生、日及、朝花、朝荣等别名）、裹梅花。蕣通舜，故古文中多以舜指代木槿花，而并非是虞舜和木槿有某种关联。

木槿与槿篱

木槿花朝开暮落，只有一天的寿命。所以在《本草纲目》中，“日及”“朝开暮落花”都是它的别名。还有《诗经》中的“有女同车，颜如舜华”，“舜华”非别，也就是木槿。

木槿是落叶灌木，高达七八尺至一丈外；枝条柔韧，不易折断；内皮多纤维，可充造纸之用。叶互生作卵形，很像桑叶而较小，尖端有齿形。入夏开花不绝，有单瓣，有复瓣，分红、白、浅紫、粉红诸色，鲜艳可喜。繁殖的方法，只须于梅雨期间，将粗枝截断，每段尺许，插在肥土中，经常浇水，成活率很高。不过第二年分株移植时，根上必须带泥，如果泥垛散落，那就不容易活了。

木槿可以编篱。湖南、湖北一带，盛行槿篱，用木槿扦插而成。苏州农村中，也以槿篱作为宅基和场地的围墙，年深月久，枝条纠结得非常紧密，任是猫狗也钻不进去，效果是特别好的。槿篱之作，古代早就有了。唐、五代时，孙光宪词有“茅舍槿篱溪曲，鸡犬自南自北”之句；他如宋、元、明人诗中，也有“夹路疏篱锦作堆，朝开暮落复朝开”等句，可见槿篱的历史是很悠久的了。我以为现在各地城市绿化，到处少不了绿篱，大可利用红色复瓣的木槿来编制，入夏红花绿叶，相映成趣，那么真是“夹路疏篱锦作堆”了。

木槿有姊妹花，花叶枝条和性能都很相像，也一样地朝开暮落，倒像是孪生似的。它的花以红色为主，比木槿更为娇艳，花型也比木槿更为美观，名叫“扶桑”。李时珍说，东海日出处有扶桑树，此花光艳夺目，其叶似桑，因以比之，后人讹为“佛桑”，乃木槿别种。花有红、黄、白三色，红色尤贵，呼称朱槿。唐代李商隐诗，称它“才飞建章火，又落赤城霞”；宋代蔡襄诗，说它“野人家家焰，烧红有扶桑”，足见它的红艳，是与众不同的。

玉簪

〔清〕赵之谦　《玉簪海棠》

玉簪花，花期7—9月，百合科玉簪属多年生草本植物。北宋黄庭坚有《玉簪》诗：“宴罢瑶池阿母家，嫩琼飞上紫云车。玉簪堕地无人拾，化作东南第一花。”北宋王安石亦有《玉簪》诗：“瑶池仙子宴流霞，醉里遗簪幻作花。万斛浓香山麝馥，随风吹落到君家。”均言玉簪花为天上仙子堕簪所化。

初放玉簪花

我于花原是无所不爱的，只因近年来偏爱了盆景，未免忽视了盆花，因此我家园子东墙脚下的两盆玉簪，也就受到冷遇，我几乎连正眼儿也不看它一看。说也奇怪，前几天清早正在东墙边查看石桌上新翻种的几个“六月雪”小盆景时，瞥见桌下有一簇莹白如玉的花朵，在晓风中微微颤动。原来墙脚边那两盆玉簪，却有一盆意外地开了一枝花。我急忙蹲下去细看，见一枝上共有六朵花，一朵已萎，一朵刚开，闻到一阵淡淡的清香，不觉喜出望外。于是每天早上总要去观赏一下，流连一会，正如元代画家赵雍诗中所谓“淡然相对玉簪香”了。

玉簪花属百合科，是多年生的宿根草木，它有白鹤仙、季女、内消花、间道花等几个别名，而以玉簪象形为最妙。

玉簪丛生，农历二月间抽芽，高达一尺余，柔茎圆叶，大如手掌，叶端是尖尖的，从中心的叶脉上分出整齐的支脉来。到了六七月里，就有圆茎从叶片中间抽出，茎上更有细叶，中生玉一般洁白的花朵，少则五六朵，多则十余朵，每朵长二三寸，开放时花头微绽，六瓣连在一起，中心吐出淡黄色的花蕊，四周共有细须七根，头中一根特长。香淡而清，并不散发，必须近嗅，花瓣朝放夜合，第二天就萎了。所结的子，好像豌豆模样，生时作青色，熟后变作黑色，可以播种。另有一种紫色的叫作紫鹤花，花型较小，并且没有香气，比了玉簪，未免相形见绌。

玉簪可作药用，据李时珍说，把它的根捣汁服，解一切毒，下骨鲠，涂肿痛。

齐白石《玉簪花图》

秋丛绕舍似陶家，遍绕篱边日渐斜。
不是花中偏爱菊，此花开尽更无花。

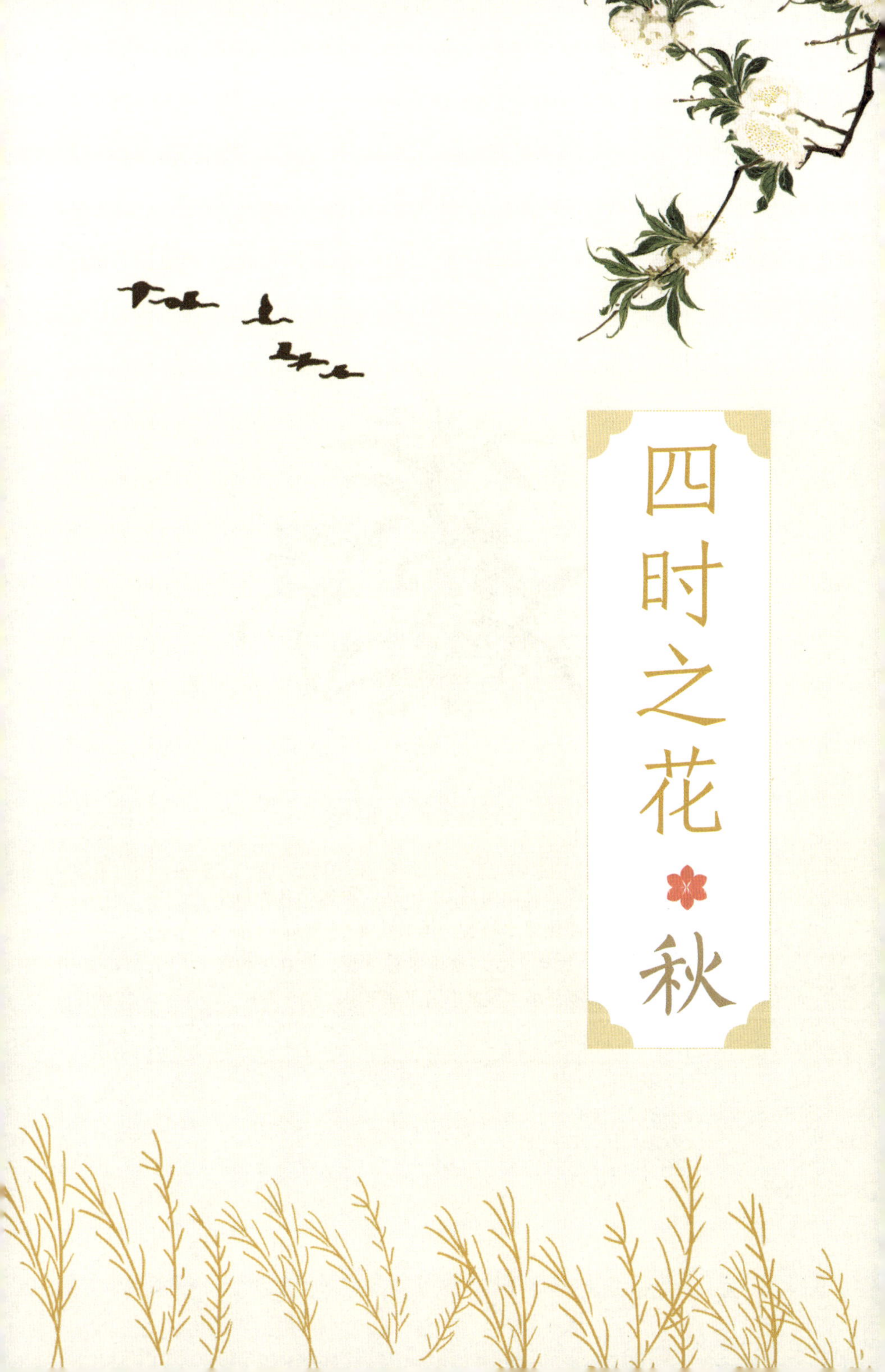
四时之花
秋

凤仙

〔清〕恽寿平 《凤仙花》

凤仙花，花期7—10月，凤仙花科凤仙花属一年生草本植物。凤仙花有个“touch-me-not”的英文名，意译即别碰我，源自它的果实只要轻轻一碰就会马上炸开。

好女儿花

好女儿花这花名很为美妙，但你翻遍了植物学大词典，却是断断找不到的。只为宋光宗的李后讳凤，宫中妃嫔和侍从等为了避讳之故，都称凤仙为好女儿花。

凤仙的别名很多，有海娜、旱珍珠、小桃红、羽客、菊婢诸称，不知所本。花茎有红白二色，高至一二尺，粗的好似大拇指，中空而脆。花于枝丫间开放，形如飞凤，有头有尾，有翅有足，因此又名金凤花。叶尖而长，有锯齿，很像桃叶，因此又有夹竹桃之称，可是未免与真的夹竹桃相混了。凤仙有各种颜色，如深红、浅红、纯白、浅绿、青莲、玫瑰紫等，色色都备，并有花瓣上撒细红点的，称为喷砂。有一茎而开五色的，更为娇艳。花瓣有单有复。更有鹤顶一种，与白花而绿心的，最为名贵。

往时没有蔻丹，女儿家爱好天然，将红色的凤仙花瓣，剔除了白络，加上一些明矾，把它捣烂，染在十个指甲上，用绢包裹，隔了一夜，每一指甲上便染成猩红一点了。因此之故，凤仙又有指甲花的别称。元代杨维祯句云：

有时漫托香腮想，疑是胭脂点玉颜。

又女词人陆琇卿[①]《醉花阴》词云：

> 曲阑凤子花开后。捣入金盆瘦。银甲暂教除，染上春纤，一夜深红透。　　绛点轻濡笼翠袖。数颗相思豆。晓起试新妆，画到眉弯，红雨春山逗。

这些诗词，都是咏凤仙并牵及染指甲这回事的。清代李笠翁反对女子用凤仙花染指甲，他说："纤纤玉指，妙在无瑕，一染猩红，便称俗物。"所言自有见地。

凤仙虽是一种平凡的草花，而历史很悠久，晋代即已有之。传说谢长裕见凤仙花，对侍儿说："我爱它名称，且来变一变它的颜色。"因命侍儿去取了一种叶公金膏来，用麈尾蘸了膏，向花瓣上洒去。又折了一朵，插在倒影三山的旁边。明年，此花金色不去，都成了斑点，粗细不同，俨如洒上去的一样，即名此花为倒影花。

古往今来咏凤仙的诗词很多，而以宋代晏殊的"九苞颜色春霞萃，丹穴威仪秀气攒"两句最为华贵，足以抬高凤仙身价。我因亡妻胡氏名凤君，也偏爱凤仙。她去世后，为了纪念她的缘故，尽力搜罗了各色种子，种满在凤来仪室外。每年秋季，陆陆续续地开放起来，足有三个月之久。并且掘了小株，用小型的细瓷盆

① 一作清代女词人葛秀英。

分种了好多盆，供在亡妻遗像之前。

凤仙以密植为宜，倘能特辟一圃，全种凤仙，每一畦种一色，必有可观。前数年访书画大收藏家庞莱臣[①]前辈于其苏州寓所，见他那个很大的前庭，从石板缝隙中长出无数株的凤仙花来，五色斑斓，蔚为大观，至今还留着深刻的印象。因忆清代嘉道年间的词章家姚梅伯[②]，他也是爱好密植的凤仙花的。他说："秋日见庭前金凤花百本，向晓尽开，蝶侣蜂群，飞宿上下，仿佛具南田翁[③]画意。"因宠之以词，调寄《清平乐》云：

嫣红欲绝，瘦朵藏低叶。鬟袖不知风露湿，亸向晓凉时节。　蝶蜂栩栩仙仙，泥人半晌缠绵。画箔秋灯儿女，夜来若个深怜？

① 即庞元济，字莱臣。
② 即姚燮，字梅伯。
③ 即清初著名画家恽寿平，号南田。

齐白石　《凤仙草虫》

芙蓉

〔宋〕赵佶　《芙蓉锦鸡图》

芙蓉，花期8—10月，锦葵科木槿属落叶灌木或小乔木。古称荷花为芙蓉或水芙蓉，而称芙蓉为木芙蓉、木莲、旱地芙蓉等。

能把柔枝独拒霜

在江南十月飞霜的时节，木叶摇落，百花凋零，各地气象报告中常说：明晨有严霜，农作物须防霜冻。然而有两种花，却偏偏不怕霜冻。一种是傲霜的菊花，所以古人诗中曾有“菊残犹有傲霜枝”之句。还有一种就是拒霜的芙蓉，所以古人诗中也有“能把柔枝独拒霜”之句，而芙蓉的别名，也就叫作“拒霜花”。

芙蓉是一种落叶灌木，又称木芙蓉，茎高五六尺至一丈。入秋，梢头抽出花蕾，初冬开放，有单瓣、复瓣之别。花色有红，有白，有桃红，据说也有黄色的，却很少见。最名贵的，是醉芙蓉，一日之间三变其色，早上作白色，午刻泛作浅红，傍晚转为深红，因此又称“三醉芙蓉”。吾园梅屋下的荷花池边，全是种的三醉芙蓉，虽受严霜侵袭，却仍鲜妍如故，称它为拒霜花，确是当之无愧。

芙蓉性喜近水，种在池旁溪边最为适宜。花开时水影花光，互相掩映，自觉潇洒有致，因有照水芙蓉之称。古代诗人每咏芙蓉，往往和水相配合，如“艳态偏临水，幽姿独拒霜”，“袅袅芙蓉风，池光弄花影”，“芙蓉发靓妆，绝艳秋江边”，“半临秋水照新妆，澹静丰神冷艳裳”，“江边谁种木芙蓉，寂寞芳姿照水红”等。

四川成都别名锦城，相传蜀后主孟昶在成都城上遍种芙蓉，每年深秋，四十里花团锦簇，因此名为锦城。不知现在的成都城上，是不是还种着芙蓉？倘有机会，很想去观赏一下。

芙蓉繁殖很容易，可用扦插和分株两法，入冬在土壤上用牛马粪或人粪尿施肥，向阳埋下枝条，明春再行扦插，没有不活的。芙蓉的叶和花，都可治病。据李时珍说，芙蓉气平而不寒不热，清肺凉血，散热解毒，治一切大小痈疽，肿毒恶疮，可以消肿排脓止痛。它的干皮柔软而有韧性，可纺线或编作蓑衣，自有它一定的经济价值。

水边双艳

可不要误会，水边双艳并不是说水边的两个俊俏的姑娘，而是说秋季宜乎种在水边的两种娇艳的花：一种是蓼花，一种是木芙蓉花。说也奇怪，我的园子里所种的这两种花，有种在墙角的，有种在篱边的，似乎都不及种在池边的好。足见它们与水有缘，而非种在水边不可了。

《楚辞芳草谱》说："蓼生水泽。"唐人诗中，也有"红蓼花开水国秋"之句。元代朱德润《沙湖晚归》诗云：

> 山野低回落雁斜，炊烟茅屋起平沙。橹声归去浪痕浅，摇动一滩红蓼花。

这些诗句都足以证明它是宜乎水的。蓼花种类不一，有青蓼、紫蓼、香蓼、马蓼、水蓼、木蓼之别。更有白蓼，我曾得其种，栽在莲池旁边，好像美人淡妆，别饶丰致，可惜第二年就断了种。

红蓼最为普遍，干高三四尺、五六尺不等，有时竟高达一丈以外。叶薄而尖狭，着花作穗状，长二三寸，纷披如璎珞，临风摇曳，分外姿媚。蓼花别有水荭的名称，梅尧臣咏以诗云：

> 灼灼有芳艳，本生江汉滨。临风轻笑久，隔浦淡妆新。白露烟中客，红蕖水上邻。无香结珠穗，秋露浥罗巾。

又叶申芗《秋波媚》词云：

> 小园奚似壮秋容。烟穗簇芳丛。萧疏画意，柳衰让碧，芦淡输红。　　水天忽忆江南梦。落日放孤篷。影迷初雁，香留残蝶，点缀西风。

这一诗一词，把蓼花的美，全都描写出来了。

木芙蓉，又名木莲，又名拒霜、华木、地芙蓉，为落叶灌木。干高六七尺，叶如手掌，作浅裂，柄长互生。农历十月开花，有大红千瓣、白千瓣、半白半桃红千瓣诸种，并以作黄色者最为难得。又有所谓三醉芙蓉者，一日间换三色，朝白，午桃红，晚大红，是此中佳种。我园莲池畔有之，映着池水，更觉美艳。据说此种产于瓯江温州一带，因此瓯江别名芙蓉江，竟以花而得名。又印州有弄色木芙蓉，一日白，二日浅红，三日黄，四日深红，花落时，又变为紫色，人称文官花，这比三醉芙蓉更为名贵。

芙蓉于霜降时节开花，傲气足以拒霜，因有拒霜花之称。清代袁树有《渔女》一诗云：

短篷轻楫自为家，羞上胭脂渚畔槎。
莫讶风鬟吹不乱，芙蓉原是拒霜花。

可作佐证。

古人对于芙蓉有很高的评价，说它清姿丽质，独殿众芳，秋江寂寞，不怨东风，可称俟命的君子。花的气味辛平无毒，可以清肺凉血，解毒散热，消肿治恶疮，排脓止痛，在医疗上很有功效，不只是供人欣赏而已。清代高士奇《北墅抱瓮录》云：“木芙蓉潇洒无俗姿，性本宜水，特于水际植之。缘溪傍渚，密比若林，杂以红蓼，映以翠荄，花光入波，上下摇漾，犹朝霞散绮，绚烂非常。见宋孝宗书刁光允木芙蓉画幅云：‘托根不与菊为双，历尽风霜未肯降。本是无心岂有怨，年年清艳照秋江。’善为此花写照矣。”其实此诗不特善为此花写照，并写出了此花高傲的品质正不在东篱秋菊之下。

木芙蓉花无毒，所以可入食谱。宋代林山人洪曾采芙蓉花煮豆腐，红白交错，恍如雪霁之霞，名雪霁羹。蜀后主孟昶以此花染缯作帐，名芙蓉帐；又于成都城上遍种芙蓉，每年秋深，四十里高下如锦如绣，因有锦城之称。这都是芙蓉佳话，可作谈助。

〔明〕沈周 《卧游图册·芙蓉》

桂

〔英国〕玛蒂尔达 《管花木樨》

桂花，花期9—10月上旬，木樨科木樨属常绿灌木。据《酉阳杂俎》，月亮上有一棵五百丈的桂花树，其下有一人名吴刚，持斧砍之，桂花树受创后马上愈合。因此桂花又有月桂的别名，诗词中也常以桂花树指代月亮。又传说月亮上有玉兔、蟾蜍，故这两种动物常随桂花树入画。

闻木樨香

每年中秋节边，苏州市的大街小巷中，到处可闻木樨香，原来许多人家的庭园里栽有木樨花。记得有一年因春夏二季多雨，天气反常，所以木樨也迟开了一月，直到重阳节，才闻到木樨香。

木樨是桂的俗称，因丛生于岩岭之间，故名岩桂。花有深黄色的，称金桂；淡黄色的，称银桂；深黄而泛作红色的，称丹桂。现在所见的，以金桂为多，银桂次之，丹桂很少。花有只开一季的，也有四季开的，称四季桂，月月开的，称月桂。一季开的着花最繁，并且先后可开两次，香也最浓。四季桂和月桂着花稀少，香也较淡，不过每到秋季，也一样是花繁香浓的。台州天竺所产桂，名天竺桂，是桂中异种。它逐月开花，只在叶底枝头点缀着寥寥数点，天竺的僧人们称之为月桂。这好在花能结实，实的大小和式样，与莲子很相像，这就是所谓桂子了。

我家有老桂一本，干粗如成人的臂膀，强劲有力，也是月月开花，并且是结实的，大概就是天竺桂。每年中秋节后，着花累累，初作淡黄色，后泛深黄。我把密叶剪去，花朵齐露于外，如金粟万点，十分悦目。最难得的，是这老桂为盆景，栽在一只长方的白砂古盆里，高不满二尺，开花时陈列在爱莲堂中，一连三天，香满一堂。朋友们见了，都赞不绝口，这也可算是吾家盆景中的一宝了。

记得抗日战争前，我曾从邓尉山下花农那里买到枯干的老桂三本，都是百余年物，分栽在三只紫砂大圆盆里。每逢中秋节边，我看花闻香，悦目怡情，曾咏之以诗云：

小山丛桂林林立，移入古盆取次栽。
铁骨金英枝碧玉，天香云外自飘来。

可惜在抗日战争时期，我避寇出走，三桂乏人照顾，已先后枯死；幸而最近得了这株天竺桂，虽然不是枯干，而姿态之古媚，却胜于三桂，我也可以自慰了。

向例桂花开放时，总在中秋前后，天气突然热起来，竟像夏季一样，苏州人称之为“木樨蒸”，桂花一经蒸郁，就蓬蓬勃勃地盛开了。我觉得这“木樨蒸”三字很可入诗，因戏成一绝：

中秋准拟换吴绫，偏是天时未可凭。
踏月归来香汗湿，红闺无奈木樨蒸。

江浙各处，老桂很多，杭州西湖畔满觉陇一带，满坑满谷的都是老桂。花时满山都香，连栗树上所结的栗子，也带了桂花香味，所以满觉陇的桂花栗子，也是遐迩驰名的。听说嘉兴有台桂，还是明代遗物，花枝一层层地成了台形，敷荫绝大，花开时香闻远近村落，诗人墨客纷纷赋诗称颂，不知现仍无恙否？常熟兴福寺中有唐桂，一根分出好几株来，亭亭直立，每株树身并不很粗，不过像碗口模样。据我看来，至多是明桂，倘说是唐代，那么原树定已枯死，这是几代以下的孙枝了。鲁迅先生绍兴故宅的院落中，有一株四季桂，据说，已有二百余年之久，从主干上生出三株六枝来，像是三树合抱而成的一株大树，荫蔽了半个院落。先生童年时，常常坐在这桂树下，听他母亲讲故事。

我家园子里也有三株桂树，一大二小，都不过三四十年的树龄，今秋花虽开得较迟，却也不输于往年的繁盛。我因桂花也可窨茶，因此自己享受了一二天的鼻福，并摘下了几枝作瓶供后，就让邻人们勒下花朵来，卖与虎丘茶花合作社了（据说窨茶以银桂为佳，所以代价也比金桂高一倍）。苏州市的几个园林中，都有很多的桂树，而以怡园、留园为最，还各在桂树丛中造了一座亭子，以资坐息欣赏。留园的亭子里有“闻木樨香”一额，我这篇小文就借以为名。写到这里，仿佛闻到一阵阵的木樨香，透纸背而出。

〔明〕吕纪 《桂菊山禽图》

菊

〔比利时〕雷杜德 《两色金鸡菊》

菊花，花期9—11月，菊科菊属多年生草本植物。黄菊和白菊一般不宜送人，因为其有哀悼之意。现代常以菊花或者纸做的菊花在丧礼上使用。不过，还是有几种特定的菊花是适合送人的，它们有自己特定的寓意，比如万寿菊（祝长寿）、乒乓菊（祝圆满）等。

我爱菊花

我是一个花迷，对于万紫千红，几乎无所不爱，而尤其热爱的，春天是紫罗兰，夏天是莲，秋天是菊，冬天是梅。我在中华人民共和国成立以前，眼见得国事日非，国将不国，自知回天无力，万念俱灰，因此隐居苏州，想学做陶渊明。渊明爱菊，我就大种菊花，简直就像渊明高隐栗里，做黄花主人。菊花最多的一年，达一千二百余盆，共一百四十余种，扬州的名种如虎须、巧色、柳线、飞轮、翡翠林、枫叶芦花，常熟的名种如小狮黄等，全都搜罗了来，小园秋色，真说得上是丰富多彩的。中华人民共和国成立以后，我忙于社会活动，便种得少了。我想陶渊明如果生于今天，瞧到祖国的欣欣向荣，也该走出栗里，不再做隐士了吧。

我爱菊花，不但爱它的五光十色，多种多样；更爱它那种坚强不屈的精神，象征我国的民族性格。它和寒霜作斗争，和西风作斗争，还是倔强如故。即使花残了，枝条仍然挺拔，脚芽仍然茁生。古诗人的名句“菊残犹有傲霜枝”，就给予它很高的赞颂。

我爱菊花，爱它那种自然的姿态，所以我所种的菊花，不喜欢把花枝全都扎得齐齐整整，除了一二枝必须挺直的以外，其他枝条，就让它欹斜起伏，然后翻种在瓷盆或紫砂盆里，配上一块拳石或一根石笋，看上去就好像一幅活色生香的《菊石图》。

像这样的菊花盆供，不但白天可以欣赏，到了夜晚上灯之后，还可在灯光下欣赏墙上的菊影，黑白分明，自然入画。明末文学家冒辟疆的《影梅庵忆语》中，也曾有与董小宛一同欣赏菊影的叙述。他说：

> 秋来犹耽晚菊，即去秋病中，客贻我剪桃红，花繁而厚，叶碧如染，秾条婀娜，枝枝具云罨风斜之态。姬扶病三月，犹半梳洗，见之甚爱，遂留榻右。每晚高烧翠蜡，以白团回屏六曲，围三面，设小座于花间，位置菊影，极其参横妙丽。始一身入，人在菊中，菊与人俱在影中，回视屏上，顾余曰："菊之意态尽矣，其如人瘦何！"至今思之，淡秀如画。

赏菊而兼赏菊影，这才算得是菊花的知己。

在一般菊展中，有名菊廊和品种廊，每一盆菊花都是独本，一般人称之为"标本菊"，就是菊花的标本。因为一本只有一花，所以花朵特大，花瓣花须，花蒂花心，都看得清清楚楚，可供园艺家研究，也可供画家写生，这是无可厚非的。可是我们做盆景的，却以三枝或五枝为合适，花朵不必太大，也不必一样大小，一样高低，让它参差一些，才显得出自然的姿态。要做菊花的盆景，还有一个必要条件，就是要选择矮种，叶子也不可太大，种在盆子里，才可入画。如果是高枝大叶，再加上碗口般大的花朵，那就不配做盆景了。

说起菊展，还只有近百年的历史。从前却让富绅巨贾和士大夫之流，在家园里置酒赏菊，只供少数人享受。明代张岱作《陶庵梦忆·菊海》云：

兖州张氏期余看菊，去城五里。余至其园，尽其所为园者而折旋之，又尽其所不尽为园者而周旋之，绝不见一菊，异之。移时，主人导至一苍莽空地，有苇厂三间，肃余入，遍观之，不敢以菊言，真菊海也。厂三面，砌坛三层，以菊之高下高下之。花大如瓷瓯，无不球，无不甲，无不金银荷花瓣，色鲜艳，异凡本；而翠叶层层，无一叶早脱者。此是天道，是土力，是人工，缺一不可焉。兖州缙绅家，风气袭王府。赏菊之日，其桌、其炕、其灯、其炉、其盘、其盒、其盆盎大觥、其壶、其褥、其酒、其面食、其衣服花样，无不菊者。夜烧烛照之，蒸蒸烘染，较日色更浮出数层。席散，撤苇帘以受繁露。

这种单供少数人享受的菊展，却如此奢侈，无非是摆阔罢了。

清代王韬，是太平天国时期的一位才子，曾在他所作的《瀛墺杂志》中记当时上海城隍庙里的菊花会。他说，菊花会多在九月中旬，近来设在萃秀堂门外，绕过了湖石，到东北角上，境地开朗，远远地就瞧见菊影婆娑，全呈眼底。沿着回栏前去，便见无数的菊花，高低疏密，罗列堂前，真的是争奇斗胜，尽态极妍。所有的花，先经识者品评，分作甲等乙等，并划为三类，一是新巧，二是高贵，三是珍异。只因名目繁多，记不胜记。这样的菊展，总算粗具规模，而且是公开的了，但那时的劳动人民也是无法观赏的。

亡友王一之兄，生前曾客荷兰。说起荷兰人善于莳花，1946年秋，曾在莱汀市会堂举行菊展，会期七日，观众一万多人。他们的大种小种菊花，多数是从我国移去的。清乾隆十五年（1750），有一位远游亚洲的荷兰人贞干，将小种的菊花带了回去，花作黄色，大概是满天星之类。清道光二十八年（1848），英国人福均，又把我国的大种菊花带去，后由法国传入荷兰。清光绪六年（1880），荷兰人就举行了第一次菊展。在百余年前，欧洲所有的中国菊花，不过四五十种，后来用了嫁接的方法，巧夺天工，新品种便日多一日，变成多种多样。可是所用的名称俗不可耐，往往将王后、王子、公主和达官贵人的名字移用在花上，不像我国的菊花名称，是富有诗意的。

日本的菊种本来大半也由我国传入，因为他们的园艺家善于培养，精于研究，新种之多，几乎超过我国。往年他们有许多研

〔法国〕克劳德·莫奈　《菊花》

究种菊的集团，如秋英会、重九会、长生会等都是颇有名望的。每年秋季，在日比谷公园中举行菊展。他们的菊花，分大型、中型、小型三种，名称也由自题，并无根据，花瓣阔大的，称之为“荷”，花瓣围簇而成球形的，称之为“厚物”，管瓣而作旋形的，称之为“抱”。花瓣分作管瓣、平瓣、匙瓣三种。每一盆菊花，至少为三枝，成三角形，三朵花头也高低相等，三枝以上的，便作五角形或六角形，从没有独本的。批评的标准，分颜色、光泽、花体、花形、瓣质、品格、才、力、花梗、叶和未来等，共十一点，十分细致。凡入选的，奖以金杯、银杯和奖状等，得奖的引为殊荣。

生平看菊花展览会看得多了，而规模最大、最出色的，要算1954年11月上海市人民公园的菊展，真使人目迷神往，叹为观止！单就布置来说，有直径十二公尺高四公尺的大菊花山，有用无数盆白菊花排列而成的和平鸽图案，有好多种用各色菊花精心扎成的花字标语，有一座北京白塔似的菊花塔，三座菊花亭，三条菊花桥，更有仿西湖“三潭印月”矗立在水中的三个菊花潭，而最触目的，还有一座用菊花扎成的“世界人民大团结万岁”九字的菊花大屏风，加以下面七道喷水泉，不断地飞珠跳玉般地喷着水，更觉得美不可言！菊花的数量共六万盆，有二百十七朵白菊花整齐地排成的圆形大立菊，有在假山地区沿山密布的无数盆悬崖菊，五光十色，如同锦绣。品种多至四百余，从北方搜到南方，真达到了丰富多彩的地步。品种展览廊中，全是各地出品的各种各样菊花。而名种展览廊中，更有用瓷盆砂盆翻种好了的特别精彩的菊花，多年不见的扬州名种柳线，和我生平最爱的云中娇凤，也在这里看到了。我连去参观了两次，把几个富有诗意的花名抄录了下来：画罗裙、霓裳舞、懒梳妆、鸳鸯带、紫双凤、金雀屏、玉手调脂、秋水芙蓉、赤龙腾辉、十分春色、淡扫蛾眉、柳浪闻莺、云想衣裳、杏花春雨、帘卷西风、乳莺出谷、夕阳古寺、明月照积雪。看了这些花名，就能想见花的美妙了。

秋菊有佳色

秋菊有佳色，挹露掇其英。

这是晋代高上陶渊明诗中的名句，与“采菊东篱下，悠然见南山”同为千古所传诵，使他成了一位热爱菊花的代表性人物。后来民间奉他为九月花神，就为了他爱菊之故。据说他所爱赏的一种菊花名“九华菊”。他曾说秋菊盈园，而诗集中仅存九华之一名。此菊越中呼之为“大笑”，白瓣黄心，花头极大，有阔及二寸四五分的，枝叶疏散，香也清胜，九月半开放，在白菊中推为第一。

有一次，渊明因九月九日没有酒赏重阳，只枯坐在宅边菊花从中，采了一大把菊花欣赏着。一会儿望见白衣人到，乃是江州刺史王弘送酒来了，即便欣然就酌，而以菊花为下酒物，也足见他的闲情逸致了。

记得1951年秋间公园开菊展，我也有盆菊和盆景参加。就中有一个盆景，以渊明为题材，用含蕊的黄色满天星，种在一只椭圆形的紫砂浅盆里，东面一角用细紫竹做成方眼的矮篱，安放一个广窑的老叟坐像，把卷看菊，作为陶渊明，标名“赏菊东篱”。1953年秋，我又参加拙政园的菊展，在一个种着两棵小松的盆景里，再种了一株含苞未放的小黄菊，松下也安放了一个老叟的坐像，标名“松菊犹存”。这两个盆景，都借重他老人家作为题材，博得了观众的好评。

我国之有菊花，历史最为悠久，算来已有二三千年了。《礼记·月令》曾有“季秋之月，菊有黄华”之句，大概那时只有黄菊一种，不像现在这样十色五光，应有尽有。到了战国时期，爱国诗人屈原的《楚辞》中，曾有“夕餐秋菊之落英”的名句。为了这一句，后人聚讼纷纭，以为菊花只会干，不会落，怎么能说是落英？其实屈大夫并没有错，落，始也，落英就是说初开的花，色香味都好，确实可吃。

一般人都以为重阳可以赏菊，古人诗文中，也常有重阳赏菊的记载。然而据我的经验，每年逢到重阳节，往往无菊可赏，总要延迟到十月。宋代诗人苏东坡也曾经说，岭南气候不常，他原以为菊花开时即重阳，因此在海南种菊九畹，不料到了仲冬方才开放，于是只得挨到十一月十五日，方置酒宴客，补作“重九会”。

明太祖朱元璋，曾有一首菊花诗：

百花发时我不发，我若发时都吓煞。

要与西风战一场，遍身穿就黄金甲。

就咏菊来说，这倒把菊花坚强的斗争精神，全都表达了出来。

明代名儒陆平泉[①]初入史馆时，因事和同馆诸人去见宰相严嵩。大家争先恐后挤上前去献媚，陆却退让在后面，不屑和他们争竞。那时他恰见庭中陈列着许多盆菊，就冷冷地说道：“诸君且从容一些，不要挤坏了陶渊明！”语中有刺，十分隽妙。大家听了，都面有愧色。

宋高宗时，宫廷中有一位能歌善舞的菊夫人，号“菊部头”，后来不知怎的，称病告归。太监陈源用厚礼聘请了去，把她留在西湖的别墅里，以供耳目之娱。有一天宫廷有歌舞，表演不称帝旨，提举官开礼启奏道：“这个非菊部头不可。”于是重新把菊夫人召了进去，从此不出。陈源伤感之余，几乎病倒。有人作了曲献给他，名《菊花新》，陈大喜，将田宅金帛相报。后来陈每听此

① 即陆树声，号平泉。

曲，总是感动得落泪，不久就死了。“菊部头”三字，现在往往用作京剧名艺人的代名词。

古往今来歌颂菊花的诗文词赋实在太多了，举不胜举。我却单单欣赏宋末爱国者郑所南[①]《铁函心史》中两首诗，真的是诗如其人，不同凡俗。一首是《菊花歌》，中有句云：“万木摇落百草死，正色与秋争光明。背时独立抱寂寞，心香贞烈透寥廓。”一首是《餐菊花歌》，有“道人四时花为粮，骨生灵气身吐香。闻到菊花大欢喜，拍手笑歌频颠狂。……尘尘劫劫黄金身，永救婆娑众生苦”等句，意义深长，浑不辨是咏菊花还是咏他自己。晚节黄花，得了这位铁骨嶙峋的爱国者一唱三叹，更觉生色不少。

我藏有一张上海已故名画家王一亭所画的册页，画中有黄菊盆栽，高高地供在竹架上，一老者坐在矮几旁，持螯饮酒，意态很为悠闲，真是一幅绝妙的持螯赏菊图。原来菊花开放时，正是秋高蟹肥的季节，旧时一般文人，往往要邀一二知友，边看菊边吃蟹的。昔人小简中，如明代王伯谷[②]寄孙汝师云：“江上黄花灿若金，蟹匡大于斗，山气日夕佳，树如沐，翠色满眼，顾安得与足下箕踞拍浮乎？”张孟雨与友乞菊云：“空斋如水，不点缀东篱秋色，彭泽笑人。乞移一二种，微香披座，落英可餐，当拉柴桑君持螯赏之也。”这里都是把菊花和蟹联系在一起的。

①即郑思肖，号所南。
②即王穉登，字伯谷。

〔荷兰〕凡·高　《瓜叶菊》

菊花中香气最可爱的，要算梨香菊，要是把手掌覆在花朵上嗅一嗅，就可闻到一种甜香，活像是天津的雅梨。据说最初发现时，还在清代同治、光绪年间，不知由哪一个大官进贡于西太后。太后大为爱赏，后来赏了一本给南通张謇。张家的园丁偷偷地分种出卖，就流传出去，几乎到处都有了。花作白色，品种并不高贵，所可爱的，就是那一股雅梨般的甜香罢了。

在菊花时节，我怀念一位北京种菊的专家刘契园先生。他正在孜孜不倦地保存旧种，培养新种，获得了很大的成就。近年来他又采用了短日照培植法，使菊花提前一个月到两个月开放。人家的菊花正在含蕊，而他的园地上已有一部分盆菊早就怒放了。

我与刘先生虽未识面，却是神交已久。他曾托苏州老诗人张松身①前辈向我征诗。我胡诌了七绝两首寄去，有“松菊为朋心似月，悬知彭泽是前身。黄金万镒何须计，菊有黄花便不贫”等句。刘先生得诗之后，很为高兴，回信说倘有机会，要把他的菊种相报。我对于他老人家的种种名菊，早就心向往之了，只是从未见过，真是时切相思。如今听说要将菊种见赐，怎能不大喜过望呢？可是地北天南，寄递不便，只好望眼欲穿地期待着。1956年夏，苏州公园的花工濮根福同志，恰好到首都出席全国先进生产者代表大会，我就写了封信托他带去，向刘先生道候，并婉转地说我老是在想望他的“老圃秋容”。

---

① 即张同皋，号松身。

大会结束后，濮同志回到苏州来了，说见过了刘老先生，并带来了菊种六十个，共三十种，分作两份：一份赠予苏州市园林管理处，一份是赠予我的。我拜领之下，欣喜已极，就托濮同志代为培植。刘先生还开了一个名单给我，有碧蕊玲珑、金凤含珠、霜里婵娟、杏花春雨、天孙织锦、银河长泻、霓裳仙舞、武陵春色、紫龙卧雪等，都是富有诗意的名称。我一个个吟味着，又瞧着那六十个绿油油的脚芽，恨不得立刻看它们开出五色缤纷的好花来。经了濮同志几个月的辛苦培养，六十个芽全都发了叶，含了蕊，末了完全开放，真是丰富多彩，使小园中生色不少。我为了急于参加上海中山公园的菊展，就先取一本半开的黄菊，翻种在一只古铜的三元鼎里，加上一块英石，姿态入画，大书特书道："北京来的客。"

刘先生不但是个艺菊专家，而且是一位诗人。他虽已年逾古稀，却老而弥健，一面艺菊，一面赋诗，曾先后寄了两张诗笺给我，一诗一词，都以菊为题材。他那契园中的室名斋名，如寒荣室、守淡斋、晚香簃、延龄馆、寄傲轩等，全都离不了菊，也足见他对于菊花的热爱。

刘先生艺菊，并不墨守成规，专重老种，每年还用人工传粉杂交，因此新奇的品种层出不穷，真是富于创造性。他除了采用短日照培植法催使菊花早开外，还想利用原子能，曾赋诗言志云：

原子云何可示踪，内含同位素相冲。
叶中放射添营养，根外追肥易吸溶。
利用驱虫如喷药，预期增产慰劳农。
我思推进秋华上，一样更新喜改容。

我预祝他老人家成功。

赏菊狮子林

节气已过小雪，而江南一带不但毫无雪意，天气还是并不太冷，连浓霜也不曾有过，菊花正开得挺好，正是举行菊展的好时光。大型的菊展，是在狮子林举行的。凡是苏州市各园林的菊花，几乎都集中于此，大大小小数千百盆，云蒸霞蔚地蔚为大观。

一进狮子林大门，就瞧见前庭陈列着不少盆菊，五色斑斓，似乎盛妆迎客。沿着走廊北进，到了燕誉堂。堂前假山上、花坛里，都错错落落地点缀着菊花。堂上每一几、每一案，都陈列着大小方圆的陶盆、瓷盆，盆中都整整齐齐地种着细种、名种的菊花，真是形形色色、林林总总，任是丹青妙手，怕也没法儿一一描画出来。当初陶渊明所爱赏的，大概只有黄菊一种，怎能比得上我们今天的幸运，可以看到这样丰富多彩的各种名菊而大开眼界、大饱眼福呢！

这一带原是园中的建筑群。燕誉堂的后面，是一个小小结构的小方厅。从后院中，走出一扇海棠式的门，就到了揖峰指柏轩。再向西进，便是旧时建筑物中仅存的所谓古五松园。每一座厅、一座轩、一座堂，都陈列着多种多样的名菊，而这些厅堂前后都有院落，都有假山，也一样用多种多样的名菊随意点缀着。这触处都是不可胜数的名菊，都是公园、拙政园、留园、狮子林、网师园等花工们一年劳动的结晶。

揖峰指柏轩的前面，有一条狭狭的小溪，溪上架着一条弓形的石桥，桥栏上齐整地排列着好多盆黄色和浅紫色的小菊花，好像是两道锦绣的花边，形成了一条绚烂的花桥。站在轩前抬眼望去，可见一座座的奇峰、一株株的古柏，就可明了轩名揖峰指柏的含义。此外还有头角峥嵘的石笋和木化石，都是五六百年来身历兴废的古物，还是元代造园时就兀立在这里的。这一带的假山迂回曲折，路复山重，要是漫不经心地随意溜达，就好像误入了诸葛孔明的八卦阵，迷迷糊糊地找不到出路。

荷花厅在揖峰指柏轩之西，厅前有大大棚很为爽垲，这是供游客们啜茗休憩的所在。棚临大池塘，种着各色名种荷花，入夏大叶高花，足供欣赏。现在荷花没有了，却可在这里赏菊。原来花工们别出心裁，在前面连绵不断的假山上，像散兵线般散放着一盆盆黄白的菊花，远远望去，倒像是秋夜散布天际的星斗一样。出厅更向西进，有一个金碧辉煌的水榭，上有蓝地金字匾额，大书“真趣”二字，并没有款识，据说是清帝乾隆所写的。西去不多远，有一只石造的画舫，窗嵌五色玻璃，十分富丽；现在船舷头、船尾上，都密集地安放着各色小型的盆菊，形成了一只美丽的花船。沿着长廊再向西去，由假山上拾级而登，就是赏梅所在的暗香疏影楼。出楼向南，得一亭，叫作听涛亭，与荷池边的观瀑亭遥遥相对。原来这里是西部假山最高的所在，下有人造瀑布，开了机关，水从隐蔽着的水塔管中荡荡下泻，泻过湖石叠成的几叠水坝，活像山中真瀑，挂下一大匹白练来，气势磅礴，水声淘淘，边看边听，使人心腑一清。这是狮子林的又一特点，为其他园林所没有。出亭，过短廊，入问梅阁。古诗云：

君自故乡来，应知故乡事。
昨日绮窗前，寒梅着花未？

因阁下多梅树，就借用“问梅花开未”的意思作为阁名。阁中桌凳，都作梅花形，窗上全是冰梅纹的格子，而又挂着“绮窗春讯”四字的横额，都是和梅花互相配合的。从这里一路沿廊下去，还有双香仙馆、扇子亭、立雪亭、修竹阁等建筑物。因为这一带已没有菊花，也就不用流连了。

〔清〕郎世宁 《仙萼长春图·菊花》

众芳摇落独暄妍，占尽风情向小园。
疏影横斜水清浅，暗香浮动月黄昏。

四时之花
冬

蜡梅

〔法国〕圣伊莱尔 《蜡梅》

蜡梅，花期11月至翌年3月，蜡梅科蜡梅属落叶灌木。蜡梅又写作“腊梅”，因此有些人就认为蜡梅是在腊月（农历十二月）开花的，但是在中国北方，蜡梅往往要到春节以后才开花，而有些种类的蜡梅又在腊月之前就开花了（譬如虎蹄梅），因此“腊梅”这个名称其实并不准确。蜡梅与梅花并非同种。蜡梅是蜡梅科蜡梅属落叶灌木，花为黄色；梅花为蔷薇科杏属落叶乔木，花有红、白、黄、墨等色。“冬梅”这个名称一般指蜡梅。

发寒独秀蜡梅花

当这严冬的岁寒时节，园子里的那些梅树，花蕾还是小小的，好像一粒粒的粟米，大约非过春节，不会开放，除了借重松、柏、杉、女贞、鸟不宿等常绿树外，实在没有什么花可看了。看来看去，只有那黄如蜜蜡的蜡梅花，可说是岁寒独秀，作为严冬园林唯一的点缀。

蜡梅属蜡梅科，原为国产。宋代元祐以前，本名黄梅，后来苏东坡、黄山谷在诗中给它命名为蜡梅，说它“香气似梅，类女工撚蜡所成，因谓蜡梅”。明代李时珍说：“此物本非梅类，因其与梅同时，香又相近，色似蜜蜡，故得此名。”又说花气味辛温无毒，可解暑生津，因此可作药笼中物，自有它的经济价值。它的树身有丛生的，也有独干的，抵抗力极强，多可长寿。干高达一丈外，粗可合抱，木质坚实，像香樟般含着香气。树叶对生，作卵形，长三四寸。农历四月间，花蕾就从叶腋间抽出，渐长渐大，到了冬至左右，就烂漫开放，花期可延至二三个月之久。花以素心为贵，所有花瓣花心全作黄色，如果一有杂色，那就是荤心的了，并不稀罕。花型以磬口为贵，花蕾浑圆，逐渐绽开，仍是半开半含，好像一个个乐器中的铜磬，因称磬口。花经久不蔫，浓香馥郁，有的花心中还现着蜡光，最为难得。

蜡梅品种不多，除磬口外，又有檀香梅，色作深黄，花密香浓，结实如垂铃，尖而长，约一寸左右，其中就包着子。剥下树皮来，浸水磨墨，光彩焕发，可供作书作画之用。去冬我在虎丘致爽阁下，见有深黄色的蜡梅一枝，光艳悦目，疑即檀香梅。次为原产松江的荷花梅，素心圆瓣，花型略似荷花。再次为来自扬州的早黄梅，多用狗蝇梅作砧木嫁接而成，农历十月间就开花，也是素心，不算太差。最差的那就是狗蝇梅了，它原是野生的，外瓣虽作黄色，而内瓣和花心却带着紫色；花型既小，花香也淡，花谢之后，结实可以播种，长大后只能作为嫁接其他佳种的砧木，它本身是不足以供观赏的。宋代韩驹咏蜡梅云："路入君家百步香，隔帘初试汉宫妆。只疑梦到昭阳殿，一簇轻红绕淡黄。"诗是好诗，可是他所歌颂的，却似乎就是卑不足道的狗蝇梅吧！

蜡梅繁殖的方法，除嫁接外，以分株为妙。分株脱离了母株，只要带着少数根须，栽在肥土里，也容易成活。它喜肥，冬间施以淡肥，豆粕最好，人粪尿也可用，先淡后浓，两三年后便可开花。它又喜阳光，如果种在高燥的地方，年年都可开花。例如我家爱莲堂外廊下的那株双干老蜡梅，树顶虽于去年被台风吹断，而下方枝条四张，仍然着花茂美。去年除夕那天，我欣然摘了两枝，配上红天竹插瓶，作为岁朝的清供。

于非闇　《蜡梅山禽图》

仙客来

〔法国〕圣伊莱尔　《常春藤叶仙客来》

仙客来，花期12月至翌年5月，报春花科仙客来属多年生草本植物。因仙客来之花名有迎宾之意，故现代人常将其供养在店中、家中。仙客来的根茎有一定毒性，误食会导致腹泻和呕吐，皮肤接触其汁液有可能会引起红肿瘙痒等症状。

仙客来

在郭沫若同志的《百花齐放》集中，一见了“仙客来”这个花名，就像看到了一位阔别已久的老朋友的名字，勾起了我的回忆。记得三十余年前我在上海工作时，江湾小观园新到一种西方来的好花，花色鲜艳，花形活像兔子的耳朵。当时给它起了个仙客来的名字，一则和它的学名译音相近，二则它的花形像兔子，而我国神话有月宫仙兔之说，那么将它尊称为仙客也未尝不可。

仙客来属樱草科，原产波斯，是多年生的球茎草本。球茎多作扁圆形，顶上抽叶，形如心脏，绿色中略带红褐色，叶厚而光滑，背面有毛。在冬春之间，一片片的叶子从花茎中抽出来，顶上就开了花，花只四瓣，有红、白、黑紫、玫瑰紫诸色，花瓣上卷，花心下向，活生生地像兔耳。另有一种所谓欧洲仙客来，却是在夏秋之间开花的，花作鲜红色，妙在有香。比普通的仙客来更胜一筹。

仙客来是热带产物，怕冷，所以要在温室中培植。繁殖的方法，可于秋后采子，播在肥土或黄沙中，深度在二分左右。播种后浇足了水，等它稍稍干燥时再浇一些，以滋润为度。到了九月里，子已发芽，不过只抽一叶，至于开花之期，那更遥远得很，急躁的朋友是要等得不耐烦的。如果要想早见花，还是在立秋后用宿球茎种在肥土里，放在通风而阳光照射不到的地方，浇一些清水，等它叶芽抽出，渐抽渐长，才可移到阳光下去，那就要多浇些水，以免干燥。大约在九月下旬就须施肥，并须经常放在温室中，以免霜打。十一月里，花朵儿就开放起来。春节前后，花就结子了，一到夏季，它停止了发育，叶片也都枯死。从此不必多用水浇，只须将盆子放在地面上，使它吸收地气，一方面仍须遮以芦帘，以避阳光，让它充分休息几个月，到了秋风送爽的时候，这才是它重新活跃的季节。

山茶

〔比利时〕雷杜德　《山茶》

茶花，又名山茶花，花期1—4月，山茶科山茶属常绿灌木或小乔木。茶花是我国十大名花之一，它是云南的省花、重庆的市花。因迎春花、瑞春花、山茶花与梅花差不多在同时盛开，故明代袁宏道在《瓶史》中将这三种花比作梅花之婢女。

山茶花开春未归

山茶花开春未归，春归正值花盛时。

这是宋代曾巩咏山茶花句，将山茶开花的时期说得很明白。其实一冬在温室中培养的山茶，那么不待春来，早就开花了。1955年初，春寒料峭，并在下雪的时光，我却在南京玄武湖公园的莳花展览会中，看到了好几十盆盛开的山茶，也就是在温室中催开的。我最爱一种花鹤顶，花瓣并不整齐，色作深红，有几瓣洒大白斑，十分别致。又有倚兰娇一种，白瓣中洒红点、红丝；有红装素裹一种，白瓣洒红斑。这两种花如其名，都很可爱。花瓣全白、花朵特大的，名无瑕玉。又有满月与睡鹤二种，也是全白大花，与无瑕玉是大同小异的。桃红色的有合欢娇、粉妆楼、醉杨妃等三种，正与花名同样地娇艳。这时我家园子里的十多盆山茶，还是像睡熟似的毫无动静，不料在南京却看到了这许多烂烂漫漫的山茶花，自庆眼福不浅！真如宋代俞国宝诗所谓“归来不负西游眼，曾识人间未见花”了。

山茶，一称玉茗，又名曼陀罗，苏州拙政园有十八曼陀罗花馆，就因为往年前庭有十八株山茶花之故。树身高的达一丈以外，低的约二三尺，可作盆栽。叶厚而硬，有棱，作深绿色，终年不润。惜树干不易长大，老干枯干绝少。在抗日战争以前，我有一株悬崖形老干的银红色山茶，直径在六寸以外，入春开花百余朵，鲜艳欲滴。又有一株半悬崖形的纯白色山茶，名雪塔，干已半枯，苍老可喜。可惜这两株已先后病死，有难再得之叹。前年又得了一株老干的雪塔，高约丈许，亭亭如盖，种在一只圆形古砂盆中，去春着花百余，一白如雪。只因去冬严寒，现在还含苞未放，有的花蕊怕已僵化了。

山茶以云南产为最，有滇茶之称。据《滇中茶花记》说：

> 茶花最甲海内，种类七十有二。冬末春初盛开，大于牡丹，一望若火齐云锦，烁日蒸霞。南城邓直指有茶花百韵诗，言茶有数绝：一、寿经三四百年，尚如新植；一、枝干高竦四五丈，大可合抱；一、肤纹苍润，黯若古云气樽罍；一、枝条黝纠，状如尘尾龙形；一、蟠根轮囷离奇，可凭而几，可借而枕；一、丰叶深沉如幄；一、性耐霜雪，四时常青；一、次第开放，历二三月；一、水养瓶中，十余日颜色不变。

山茶花的耐久，我们大家知道；至于寿经三四百年、高竦四五丈、大可合抱并且蟠根轮囷离奇的，却从未见过，真使人神往于昆明池边了。又据闻云南省城的沐氏西园中，有楼名簇锦，四面种着几十株二丈高的山茶，花簇其上，数以万计，紫的红的白的洒金的，色色都有，灿若云锦。曾有人宠之以诗，有“十丈锦屏开绿野，两行红粉拥朱楼”之句。看了这数以万计的各色茶花，真觉得洋洋大观，大可过瘾了。

旧时山茶品种既繁，名色亦多，作浅红色的有真珠茶、串珠茶、正宫粉、赛宫粉、杨妃茶诸品，深红色的有照殿红、一捻红、千叶红诸品，纯白色的有茉莉茶、千叶白诸品。最难得的有一种焦萼白宝珠，花蕊纯白，形如宝珠，有清香，九月间即开放。又有一种玛瑙茶，产于温州，兼红黄二色，深红为盘，白粉作心，确是此中异种。又有一种鹤顶茶，产于云南，大如莲花，猩红如血，中心塞满，好似鹤顶。又有一种像山踯躅般开小花的，名踯躅茶。又有一种结实如梨子的，名南山茶，产于广州。此外如云茶、宝珠茶、磬口茶、石榴茶、海榴茶、菜榴茶等，都以形态胜。更有黄色的山茶，为生平所未见。最奇怪的是，明代正德年间，有人在青山的僧寺中见到一种鹦鹉山茶，花形活像一头鹦鹉，左右两花瓣互掩，似是双翼；中间另有两花瓣合成腹部；两花须下垂如足；花蒂横生如头；两面更有黑点各一，似是双目。这真是闻所未闻的怪种了。

近年来苏州所见的山茶，大都来自金华，如粉红色洒红条的名“槟榔”，而园圃中卖花人却称之为“抓破脸”。其实“抓破脸”是白色洒红条的，宛如白脸被人抓破而出血一样，现在已看不到了。此外如一干而开数色花的，名“十八学士”，可说绝无仅有。就是开花一红一白的二乔，也少见了。常见的有洒金、六角大红、六角大白、小桃红、雪塔、东方亮等。至于松波、狩衣、荒狮子等，那都是日本种。

苏州拙政园旧有宝珠山茶三四株，交柯连理，得势争高，每花时巨丽鲜妍，纷披照瞩，为江南所仅见。明末吴梅村曾作长歌咏之，有“拙政园内山茶花，一株两株枝交加。艳如天孙织云锦，赪如姹女烧丹砂。吐如珊瑚缀火齐，映如蠕蝀凌朝霞”诸句，妍丽可以想见。这一首诗曾由南皮张枢写就，刻在香洲的屏门上，字作金色，二十年前我曾亲自见过。经过了抗日战争，这屏门早已被毁，现在却换上一面大镜子了。

明代袁中郎《瓶史》，品题山茶有云：“山茶鲜妍，石氏之翾风，羊家之静婉也；黄白山茶韵胜其姿，郭冠军之春风也。”以花比人，自很隽妙。杨妃山茶也是以花比人的，色作淡红，如杨妃醉后。清代词人董舜民曾填《好时光》词宠之云：

一捻指痕轻染，千片汗、色微销。乍醒沉香亭上梦，芳魂带叶飘。　照耀临池处，恍上马、映多娇。疑向三郎语，时作舞纤腰。

宋代爱国诗人陆放翁爱山茶，赋诗一再咏叹，如“雪里开花到春晚，世间耐久孰如君。凭阑叹息无人会，三十年前宴海云”之句。又见山茶一树，自冬直至清明后着花不已，宠以诗云：

东园三日雨兼风，桃李飘零扫地空。
惟有山茶偏耐久，绿丛又放数枝红。

花中能耐久的，确以山茶为最，一花开了半月，还是鲜艳如故。不过它喜阴恶阳，种花者不可不知。

于非闇　《山茶花图》

梅

〔清〕郎世宁 《花鸟图册·梅花》

梅花，花期冬春季，蔷薇科杏属小乔木、稀灌木。梅花是中国十大名花之首，在古时与兰、竹、菊并称“四君子”，此外松、竹、梅还并称“岁寒三友”。相传南北朝宋武帝女寿阳公主在白日睡于宫殿檐下，一片五瓣梅花落其额头，拂之不去。宫女以之为美，争相以妆容效仿，遂成梅花妆（又称落梅妆），盛行于世，至两宋时方衰。

我为什么爱梅花

这些年来，大家都知道我于百花中热爱梅花，所以我的家里有寒香阁，有梅屋，有梅丘，种了不少的梅树，也培养了不少的盆梅。

梅花不怕寒冷，能在严风雪霰中开放，开在百花之先，足以代表国人强劲耐苦的性格，况且梅树最为耐久。古代的梅树，至今还活着而仍在开花的，据我所知，浙江省临平附近一个庙宇中，有一株唐梅；超山有一株宋梅。以我国之大，料想深山绝壑中，一定还有不少老当益壮的古梅，可惜没有人表彰罢了。我们现在还没有想到要国花，如果想到了的话，那么以梅花为国花，似乎是很合适的。

古人曾说梅具四德：初生蕊为元，开花为亨，结子为利，成熟为贞。后来又有人说，梅花五瓣，是五福的象征；一是快乐，二是幸运，三是长寿，四是顺利，五是我们最最希望的和平。古代诗人墨客，称颂梅花的，更是举不胜举。诗如唐代崔道融句云："香中别有韵，清极不知寒。"宋代陆游句云："坐收国士无双价，独立东皇太乙前。"戴复古句云："孤标粲粲压群葩，独占春风管岁华。"元代杨维祯句云："万花敢向雪中出，一树独先天下春。"王冕句云："不要人夸好颜色，只留清气满乾坤。"历代诗人墨客，都一致推重梅花，给予最高的评价。有人问我为什么爱梅花，我就以此为答。

旧时梅花种类很多，有墨梅、官城梅、照水梅、九英梅、同心梅、丽枝梅、品字梅、台阁梅、百叶缃梅诸称。我于花中最爱梅，并且偏爱老干的盆梅。年来尽力罗致，得江梅、绿梅、红梅、送春梅、玉蝶梅、朱砂红梅、胭脂红梅，和日本种的花条梅、乙女梅、芦岛红梅、单瓣深红的枝垂梅等。以花品论，自该推绿梅为第一，古人称之为萼绿华。绿萼青枝，花瓣也作淡绿色，好像淡妆美人，亭立月明中，最有幽致。诗人词客，甚至以九嶷仙人相比。宋孝宗时，宫中有萼绿华堂，堂前全种绿梅。

我园紫兰台上，有绿梅一株，古干虬枝，树龄足有二百年。十余年前，从邓尉移来，年年着花，繁密非常，伴以奇峰怪石，更觉古雅。盆梅中也有好多株老干的绿梅，而以"鹤舞"一株为魁首，树龄已在一百岁外。先前原为苏州名画师顾鹤逸先生所手植，先生去世后，传之其子公雄，不幸公雄也于五年前去世。他的夫人知我爱梅如命，就托公雄介弟公硕移赠于我。我小心培养，爱如拱璧，五年来老而弥健，枯干上着花如故，因干形如鹤，两大枝很似鹤翅，仿佛要蹁蹁起舞，因此名之为"鹤舞"。1956年春节，拙政园远香堂中举行梅花展览会，我以此梅种在一只椭圆形的白砂古盆中，陈列中央最高处，自有睥睨一世之概。

明代小简中，有道及绿梅的，如王世贞与周公瑕云："梅花屋雨日当甚佳。翠禽啁啾，恼足下清梦，莫更以为萼绿华否?"史启元报友云："想兄拥双荷叶，歌八卿之曲，芙蓉帐暖，金谷风生。若弟兀坐寓斋，枯禅行径，朝来浓雪披绿萼，稍有晋人肠肺。"

清代诗中，如范玑《绿萼梅》云：

细波展縠弥弥远，芳草欺裙缓缓鲜。
怕向江头吹玉笛，夜寒愁绝九嶷仙。

吴嵩梁《坐月》云：

林塘幽绝似山家，坐转阑阴月未斜。
仙鹤一双都睡着，冷香吹遍绿梅花。

邵曾鉴《拗春》云：

拗春天气酒难赊，微雪初晴日易斜。
今夜瓦炉停药帖，细君教煮绿梅花。

这三首诗，都像萼绿华一样清隽。

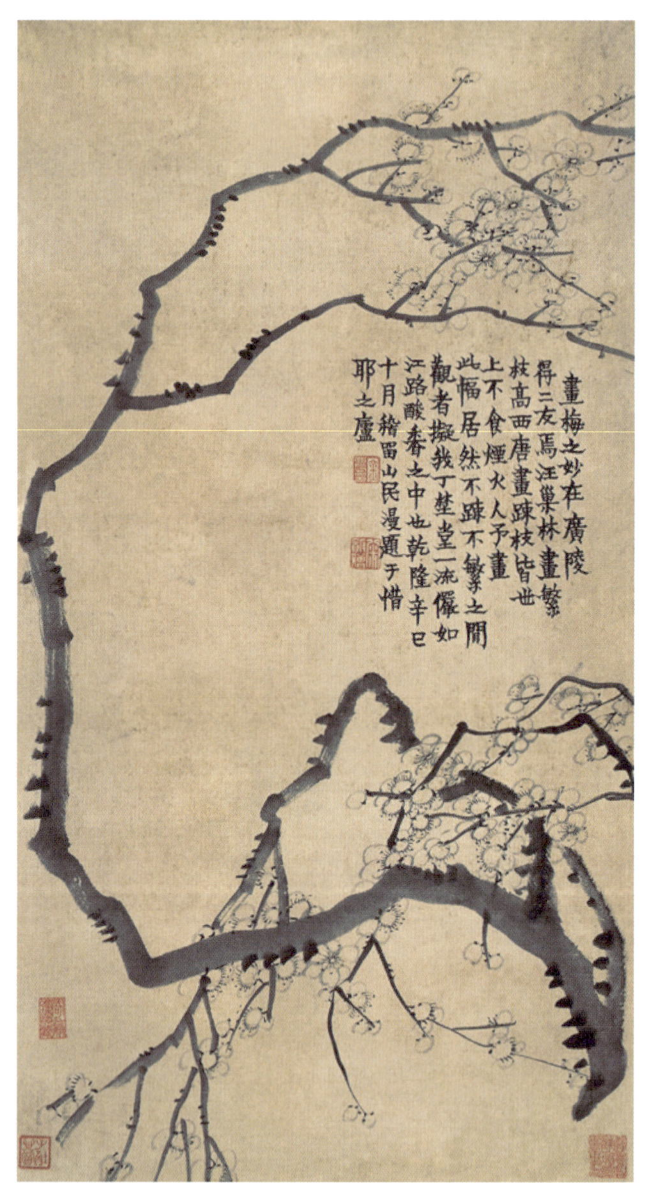
畫梅之妙在廣陵
得三友焉汪巢林畫繁
枝高西唐畫疎枝皆世
上不食煙火人予畫
此幅居然不疎不繁之間
觀者擬我丁埜堂一流儼如
江路酸香之中也乾隆辛巳
十月稽留山民漫題于惜
耶之廬

〔清〕金农 《梅花图》

问梅花消息

月之某日，偕同人问梅于我南邻紫兰小筑，时正红萼含馨，碧簪初绽。

这是杨千里前辈在我那本《嘉宾题名录》上所写的几句话。他们一行九人，是专诚来问梅花消息的。1954年春，因春寒甚厉，梅花也就迟迟未放。我天天望着园子里二十多株梅树和四十多盆梅桩，焦急不耐，而梅蕊为春寒所勒，老是不肯开放。这真如清代尤展成《清平乐·咏梅蕊》一词所谓：

烟姿玉骨，淡淡东风色。勾引春光一半出，犹带几分羞涩。　　陇头倚雪眠霜，寒肌密抱疏香。待得罗浮梦破，美人打点新妆。

它们犹带几分羞涩，而我却望穿秋水了。

立春以后，连下了两次春雪，雪又相当大，因此梅花也受了影响，欲开又止。宋代范成大有《梅为雪所禁》一诗云：

冻蕊粘枝瘦欲干，新年犹未有春看。

> 雪花只欲欺红紫，不道梅花也怕寒。

我也以梅花怕寒为虑，真欲向东皇请命，快把温暖的春风来嘘拂它们啊。

这一个月来，每逢亲友，他们总是向我探问梅花消息，倒像唐代王摩诘的那首诗：

> 君自故乡来，应知故乡事。
> 来日绮窗前，寒梅着花未？

我对于这样的问讯，答不胜答，只得以尚有十天半月来安慰他们。直到农历二月初，才见爱莲堂和紫罗兰盦中陈列着的十多盆大小梅桩陆续开放起来。我忙向亲友们报了喜讯，于是“臣门如市”，都来看“美人打点新妆”了。

梅花不肯早放，确是一件憾事！古时有所谓羯鼓催花的，恨不得也催它们一催呢。宋代诗人对于梅花晚开的遗憾，也有形之吟咏的。如朱熹《探梅得句》云：

> 迎霜破雪是寒梅，何事今年独晚开？
> 应为花神无意管，故烦我辈著诗催。
> 繁英未怕随清角，疏影谁怜蘸绿杯。

珍重南邻诸酒伴，又寻江路探香来。

又尤袤《入春半月未有梅花》云：

枯树扶疏水满池，攀翻未见玉团枝。
应羞无雪教谁伴，未肯先春独探枝。
几度杖藜贪看早，一年芳信恨开迟。
留连东阁空愁绝，只误何郎作好诗。

我园梅丘、梅屋一带，因坐南面北，梅花开得更迟，除红梅渐有开放外，白梅、绿萼梅还是含苞。而有几位种花的朋友，却赶来看这含苞的梅花，说开足了反倒没意思，这倒与清代诗人宋琬所见略同。他曾有小简约友看梅云：

永兴寺老梅，花中之鲁灵光也。仆亟欲一往，而门下以花信尚早为辞。不知花之佳处，正在含苞蓄蕊，辛稼轩所谓十三女儿学绣时也。及至离披烂漫，则风韵都减。故虽怪风疾雨，亦当携卧具以行。仆已借得葛生蹇驴，期门下于西溪桥下矣。

此君的话自有见地，尤以浅红梅含苞为美，一开足反而减色了。

梅花延迟了一个月，终于在农历二月下旬烂烂漫漫地开起来，可是已使人等得有些儿不耐烦了。梅开在百花之先，所以在花谱中总是居第一位；而它的品格，在百花中也确有居第一位的可能。古人曾说："水陆草木之花，香而可爱者甚众，梅独先天下而春，故首及之。"先天下而春，就是梅花的可爱与可贵处。

古时梅花种类很多，有重叶梅、官城梅、同心梅、照水梅、台阁梅、九英梅、丽枝梅、品字梅、百叶缃梅、消梅、时梅、墨梅、侯梅、紫梅诸种，现在大半断种。我园子里则有绿萼梅、玉蝶梅、朱砂红梅、胭脂红梅、铁骨红梅、江梅、淡红梅、送春梅以及日本种的鹿儿乌梅、乙女梅、花条梅、单瓣红梅等。这几种梅花，有的种在地上，有的栽在盆里，内中也有老干枯干，这要算是梅花中的瑰宝了。

我于梅花有特殊的爱好。寒香阁中，平日本来陈列着瓷铜木石陶等梅花古玩，四壁又张挂着香雪海、梅花书屋、探梅图、梅花诗等旧书画。到了梅花时节，更少不得要供着活色生香的梅花、盆梅和瓶梅，全都上场了。还有梅丘上的那间梅屋，本来窗门上都有梅花图案，并挂着用银杏木刻就的宋代扬补之和元代王元章[1]的《画梅》，而雄踞中央的，还有一只浮雕梅花的六角几。这一回我在东角和西角的矮几上，分陈着两盆老干的绿萼梅，所谓疏影横斜，暗香浮动，那是当之无愧的。那六角几上的一只古陶坛中，

① 即名画家扬无咎和王冕。

插着一枝铁骨红梅；而一只树根儿上安放着的一段唐代大诗人白香山手植桧的枯木中，插上一枝胭脂红梅，于是这梅花时节的梅屋，也就楚楚可观了。

此外如爱莲堂和紫罗兰盦中的案上几上，更陈列着二十多盆大型小型的梅桩，而以苏州故名画师顾鹤逸先生手植的那株绿萼老梅为甲观，枯干苍古入画，好像一头鹤鼓翼而舞，我因名之曰“鹤舞”。这一株老梅，寿在百龄以上。顾氏后人移赠于我，已历三年，我珍如拱璧，苦心培养，一年更胜一年，这是我所沾沾自喜的。

农历二月二十五日起，梅屋、梅丘一带的十多株梅树，全都盛开，就中以全白而单瓣的江梅为多，如宋代范成大所谓的疏瘦有韵，得荒寒清绝之趣。此外如绿萼梅、淡红梅、朱砂红梅、胭脂红梅和日本种的鹿儿岛梅、乙女梅等，点缀其间，蔚为大观，从梅屋门前向下 望，自成丽瞩。朋友们称之为“小香雪海”，我说不敢称海，还是称之为“香雪溪”吧。我所作歌颂梅花的诗词太多了，还是把我口头常在吟哦着的几首梅屋诗写在这里：

冷艳幽香入梦闲，红苞绿萼簇回环。
此间亦有巢居阁，不羡浦仙一角山。

屋小屏深膝可容，隔帘花影一重重。

日长无事偏多梦，梦到罗浮四百峰。

合让幽人住此中，敲诗写韵对梅丛。
南枝日暖花如锦，掩映湘帘一桁红。

闻香常自掩重扃，折得梅花插玉瓶。
昨夜东风今夜月，冰魂依约上银屏。

这梅花时节的梅屋，确是可以流连一下的。

探梅香雪海

万树梅花玉作堆，皑皑一白满山隈。
几时修得山中住，朝夕吹香嚼蕊来。

这一首诗是我为了热爱邓尉香雪海一带的梅花而作的。每年梅花时节，一见我家梅丘上下的梅花开了，就得魂牵梦萦地怀念香雪海，恨不得插翅飞去，看它一个饱。1961年3月8日早上，我正在给那盆百年老绿梅鹤舞整姿，蓦见我的一位五十年前老同学翁老，泼风似的跑进门来，兴高采烈地嚷道："我刚从香雪海来，那边的梅花全都开了，枝儿上密密麻麻地开足了花，简直连花蕊儿也瞧

〔明〕项圣谟　花卉十开・梅

不出来了。您要是想探梅，非赶快去不可！”我一听他传来了这梅花消息，心花怒放，仿佛望见那万树梅花正在向我含笑招手，于是毅然决然地答道：“好啊，谢谢您给了我这个梅花情报，明儿一清早就走！”

真是幸运得很！九日恰好是一个日暖风和的晴天，我就邀约了一位爱花的老友老刘和一位种花的花工老张，搭了八时四十五分的长途汽车，向光福镇进发，十时左右已到了光福。我们下车之后，决定沿着那公路信步走去，好边走边看梅花，尽情地享受。走不多远，就看到了疏疏落落的梅树，偶有一两株开着红的花或绿的花，而大半都是白的，被阳光照着，简直白得像雪一样耀眼。不由得想到了王安石的两句诗："遥知不是雪，为有暗香来。"

真的，要不是有一阵阵的暗香因风送来，可真要错疑是雪了。

走了大约三刻钟光景，就到了马驾山。据《苏州府志》说：马驾山向未有名，四面全都种着梅树，清康熙中，巡抚宋荦题"香雪海"三字于崖壁，才著名起来。清帝康熙、乾隆先后南巡时，曾到过这里，住过这里，料想也曾看过梅花。汪琬《游马驾山记》云："马驾山在光福镇西，与铜井并峙，山中人率树梅、艺茶、条桑为业，梅五之，茶三之，桑视茶而又减其一，号为光福幽丽奇绝处也。……前后梅花多至百许树，芗香蓊郁，落英缤纷，入其中者，迷不知出。稍北折而上，望见山半累石数十，或偃或仰，小者可几，大者可席，盖《尔雅》所谓礐也。于是遂往，列坐其地，俯窥旁瞩，蒙然岿然，曳若长练，凝若积雪，绵谷跨岭，无一非梅者。"这篇文章对于马驾山的评价是很高的。当下我们走上山径，拾级而登，山腰有轩有亭，中华人民共和国成立前破败不堪，前几年已经过一番整修。我们在轩里小憩一会，就走上了山顶的梅花亭。亭作梅花形，所有藻井的装饰全嵌着一朵朵的小梅花，围着中央一朵大梅花，连亭柱和柱础也是作梅花形的，真是名副其实的梅花亭了。从亭中下望，见崦西一带远远近近全是白皑皑的梅花，活像是一片雪海，不禁拊掌叫绝，朗诵起昔人“遥看一片白，雪海波千顷”的诗句来。我想，三五月明之夜，疏影横斜，暗香浮动，梅花映月，月笼梅花，漫山遍野都是晶莹朗彻，真所谓玉山照夜哩。下了山，就在夹道梅花丛里行进，一阵又一阵的清香缭绕在口鼻之间，直把我们送到了柏因社。

柏因社俗称司徒庙，这是我一向梦寐系之的所在。苏州的宝树“清”“奇”“古”“怪”四古柏就在这里，枯干虬枝，陆离光怪，可说是造物之主的杰作。有人说是汉光武时代的遗物，虽无从考据，至少也有一千年以上的高寿了。我三脚两步赶进去瞧时，不觉喜出望外，前几年的一次台风，只把那株“奇”刮断了一大根旁枝，搁在下面的虬枝上。其他三株，依然老而弥健，苍翠欲滴。还有那较小的两株，也仍是好好的，倒像是它们的一双依依膝下的儿女。客堂中有两副楹联，都是歌颂四古柏的，其一是清同治年间吴云所作：

清奇古怪画难状；
风火雷霆劫不磨。

其二是光绪年间潘遵祁所作：

此中只许鸾凤宿；

其上应有蛟螭蟠。

我以为这些歌颂的语句并不过分，四株古柏确可当之无愧，但看那十二级的台风也奈何它们不得，不就是“风火雷霆劫不磨”的明证吗？

出了柏因社，仍由公路向石嵝进发。一路上随时随地都有一丛丛的白梅花，供我们闻香观赏。红梅、绿梅却不多见，据说在含蕊未放时，就把花苞摘下来，卖给收购站支援社会主义建设了。那么我们何必一定要看红梅、绿梅，还是欣赏那香雪丛丛的白梅花为妙。况且结了梅子，又是公社中一种有用的产品，经济价值很高，比那不结实而虚有其表的红梅、绿梅好得多了。

在石嵝住了一夜，第二天早上，又游了太湖边的石壁，领略那三万六千顷的一角。这一天半到处看到梅花，也随时闻到梅香，简直好像是掉在一片香雪海里，乐而忘返。在那石嵝西面不远的地方，有几座红瓦鳞鳞的建筑物矗立在梅花丛中，遥对太湖，风景绝胜，那是劳动人民的疗养院。石嵝精舍住持脱尘和尚，在山上种茶，种竹，种梅，种桃，是个生产能手，毛竹几百竿，直挺挺地高矗云霄，蔚为大观，全是他十多年来一手培植起来的。万峰台在石嵝高处，从这里四望山下的梅花，白茫茫一片，真是洋洋大观。下午二时半，我们就从潭东站搭车回去，身边带着四棵小梅桩，当作新的旅伴。原来是昨天傍晚从光福公社的花田里像觅宝一般选购来的。还有那公社天井小队送给我的一大束折枝红梅、绿梅，安放在车窗边，倒也有色有香，似诗似画。于是我仍然一路看着梅花，看呀看的，一直看到了家里。

香雪海探梅必须算准时期，不要忘了日历。古人曾说“梅花以惊蛰为候”，大概每年惊蛰前后一星期内前去，才恰到好处，如果太早或太迟，那么梅花自开自落，是不会迁就你的。探梅的人们，最好能与山中人先作联系，探问梅花消息；开到七八分时，就可以前去，领略那暗香疏影的一番妙趣了。

邓尉看梅到元墓

邓尉在吴县西南六十里的光福乡，因汉代有邓尉隐居于此，故以为名。宋代淳祐年间，高士查莘在山坞大种梅树，后来山中人就都以种梅为业。梅花时节，满山香雪重重，皑皑　白，红英绿萼，也错杂其间，数十里幽香不断。清代诗人金恭曾有小记云：

> 小雪初晴，余寒送腊，具鹤氅浩然巾，入邓尉山，看红梅绿萼。十步一坐，坐浮一大白；花香枝影，迎送数十里。虽文君要饮，玉环奉盏，其乐不过是也。

往年邓尉梅花之盛而美，可以想见。附近如元墓、弹山、青芝、西碛、铜井、马驾诸山，也都有千树万树的梅花，而以邓尉为代表，因此古往今来文人墨客所作的文章诗词，都在歌颂邓尉的梅花了。

元墓在邓尉东南六里，实是一山相连的。晋代有青州刺史郁泰元葬在这里，因名元墓。看梅人一路从邓尉到元墓，所谓“花外见晴雪，花里闻香风”，真的使眼鼻受用不尽。在清代道光年间，时人都以元墓看梅花，作为春初胜事。顾铁卿[①]所作《清嘉录》中有云：“暖风入林，元墓梅花吐蕊，迤逦至香雪海，红英绿萼，相间万重。郡人舣舟虎山桥畔，襆被遨游，夜以继日。”当时竟有这样热情的看梅人，白天看了不满足，甚至有看到夜晚的。诗人李福雷有《元墓探梅歌》云：

雪花如掌重云障，一丝春向寒中酿。
春信微茫何处寻，昨宵吹到梅梢上。
太湖之滨小邓林，千株空作横斜状。
铜坑寥寂悄无踪，石壁嵯峨冷相向。
踏残明月锁香痕，翠羽啾啾共惆怅。
报道前村消息真，冲寒那顾攀层嶂。
玉貌惊看试半妆，霜华喜见裁新样。
醉酒临风各有情，小别经年道无恙。

① 即顾禄，一字铁卿。

此花与我宿缘多，冰雪满衿抱微尚。
相逢差慰一春心，空山不负骑驴访。

诗中所谓“踏残明月锁香痕”，分明也是说夜晚看梅花。可是到了现代，已没有这种闲人，也没有这样的闲情逸致了。

元墓山上有圣恩寺，是光福最著名的古寺。寺后有小山峦，仿佛用湖石堆成，其实是天然的，因有“真假山”之称。这一带原有好多株老梅树，春初冷艳寒香，霏琼屑玉，使人流连观赏，恋恋不忍去。寺中有还元阁，藏有《一蒲团外万梅花》长卷，出清代名画师胡三桥[①]手，并有题跋很多，十分名贵。抗战胜利后，只剩了一半，仍有可观，我去探梅时，还作了两绝句赠与寺僧：

劫余重到还元阁，举目湖山百种宽。
欲寄身心何处寄，万梅花里一蒲团。
万梅花里一蒲团，打坐千年便涅槃。
佛雨缤纷花雨乱，如来弥勒共盘桓。

现在山上早就没有梅花，圣恩寺也不再开放，所以元墓看梅花，已成陈迹了。

① 即胡锡珪，字三桥。

〔明〕唐寅　《墨梅图》